MONSTRES FABULEUX

"Lettres anglo-américaines"

Titre original :
Fabulous Monsters
Éditeur original :
Yale University Press, New Haven & Londres

ISBN 978-2-330-13387-0

ALBERTO MANGUEL

Monstres fabuleux

Dracula, Alice, Superman,
et autres amis littéraires

Illustrations de l'auteur

portraits traduits de l'anglais (Canada)
par Christine Le Bœuf

ACTES SUD

Pour Amelia,
qui aime les princesses,
et pour Olivia,
qui préfère les dragons.

AMELIA & OLIVIA

SOMMAIRE

PRÉFACE

“C’est une petite fille, répondit allègrement Haigha, en se plaçant devant Alice pour la présenter et en tendant les deux mains vers elle dans une attitude typiquement anglo-saxonne. Nous avons trouvé ça aujourd’hui même. C’est grandeur nature, et c’est deux fois plus vrai que nature.

— J’avais toujours cru que c’étaient des monstres fabuleux ! s’exclama la licorne. Est-ce vivant ?

— Ça sait parler”, répondit, d’une voix solennelle, Haigha.

La licorne, d’un air rêveur, regarda Alice et ordonna : “Parlez, mon enfant.”

Alice ne put empêcher ses lèvres d’ébaucher un sourire tandis qu’elle disait : “Moi-même, voyez-vous bien, j’avais toujours cru que les licornes étaient des monstres fabuleux ! Je n’avais encore jamais vu aucune licorne vivante !

— Eh bien, maintenant que nous nous sommes vues une bonne fois l’une l’autre, dit la licorne, si vous croyez en mon existence, je croirai en la vôtre. Marché conclu ?”

LEWIS CARROLL,
De l’autre côté du miroir.

Les guides touristiques proposent des excursions sur les chemins ardus qu'ont foulés Ulysse et Don Quichotte. Des baraques délabrées ont la réputation d'abriter la chambre de Desdémone ou le balcon de Juliette. Un village colombien nous assure qu'il est le Macondo d'Aureliano Buendía et l'archipel Juan Fernández se vante d'avoir accueilli, il y a des siècles, ce singulier impérialiste qu'était Robinson Crusoé. Depuis maintenant de nombreuses années, le Service postal britannique traite la correspondance adressée à M. Sherlock Holmes, Esq., au 221B Baker Street, cependant que Charles Dickens recevait un flot de lettres furieuses lui reprochant la mort de la petite Nell dans *Le Magasin d'antiquités*. La biologie nous dit que nous descendons de créatures de chair et de sang, mais nous avons la conscience intime d'être les fils et les filles de fantômes d'encre et de papier. Voici bien longtemps, Luis de Góngora a défini ceux-ci en ces termes :

> Le songe (auteur de représentations),
> En son théâtre, sur le vent armé,
> Sait bellement pétrir les ombres.

Entré dans la langue anglaise au début du XVe siècle, le mot "fiction" signifiait "quelque chose d'inventé ou imaginé". Les dictionnaires étymologiques nous apprennent qu'il venait, via le français, du participe passé du verbe latin *fingere* qui signifiait, à l'origine, "pétrir ou façonner dans la glaise". La fiction est donc une sorte d'Adam verbal modelé dans la poussière primordiale à l'image de l'auteur, et animé par celui-ci du souffle de la vie. Sans doute est-ce pour cela que, contrairement aux apparences, les personnages de fiction au mieux de leur forme ont l'air plus vivants que nos amis de chair et d'os. Loin de s'en tenir à leurs histoires, ils en modifient l'intrigue à chacune de nos lectures, éclairant certaines scènes, en occultant d'autres, ajoutant un épisode surprenant que nous avions mystérieusement oublié ou un détail auparavant demeuré inaperçu. L'avertissement d'Héraclite à propos du temps est vrai pour tout lecteur : nous ne nous plongeons jamais deux fois dans le même livre.

Pour les lecteurs, c'est souvent dans les pages de leurs livres que se révèle le monde. Quand Alice, dans *De l'autre côté du miroir*, rencontre Humpty-Dumpty perché en équilibre instable sur le faîte d'un mur étroit, elle lui demande avec sollicitude s'il ne croit pas qu'il serait plus en sécurité sur le sol. "Bien sûr que je ne le crois pas ! grogne-t-il en réponse. Ma foi, si je *venais* à choir du haut de ce mur… ce qui est impensable… mais enfin… admettons…" Il marque une pause solennelle. "*Le Roi, de sa propre bouche, m'a promis*… d'… d'… – D'envoyer tous ses chevaux et tous ses soldats", souffle Alice, l'interrompant assez inconsidérément. Humpty est pris d'une rage soudaine. "Vous avez écouté aux portes… et de derrière les arbres… et par les tuyaux des cheminées… sinon vous n'auriez pu avoir connaissance de ça ! – Je vous jure que non ! répond Alice très suavement, je l'ai lu dans un livre." Nul véritable lecteur ne trouverait surprenante la réponse d'Alice.

Dans le monde entier, des lecteurs expriment leur vénération pour les semblables de Shakespeare et Cervantès, mais ces grands personnages, immortalisés dans de sévères portraits pleins d'assurance, sont moins tangibles que leurs immortelles créations. Même pour beaucoup de ceux qui n'ont jamais lu leurs livres, le roi Lear et Lady Macbeth, Don Quichotte et Dulcinée sont des présences réelles. Nous sommes bien plus au courant des passions compliquées de la reine Didon et de Don Juan que des vies intimes de Virgile et de Molière, sauf dans ces aspects révélés dans les romans d'Hermann Broch et de Mikhail Boulgakov. Les lecteurs ont toujours su que les rêves de la fiction donnent naissance au monde que nous qualifions de réel.

Dante en était bien conscient. Au chant IV de *L'Enfer*, après avoir franchi la terrible porte qui bannit tout espoir, Virgile montre à Dante le noble château qui abrite les âmes des justes nés avant la venue du Christ. Parmi les hommes et femmes "aux yeux lents et graves" que Dante voit là, il remarque Énée, le héros rêvé par Virgile, et ne le mentionne qu'en deux mots : *"ed Enea"*. Dante semble comprendre que s'il doit conférer à Virgile la réalité complexe exigée de l'un des trois principaux protagonistes de sa *Commedia*, le personnage imaginaire (Énée) ne peut peser du même poids littéraire que le personnage qui l'a imaginé (Virgile). Énée existe dans *La Divine Comédie*, mais uniquement en tant qu'ombre éphémère, afin que Virgile puisse s'enraciner dans l'esprit du lecteur non seulement comme l'auteur historique de l'*Énéide*, mais aussi comme le mémorable compagnon de route de Dante au long de son voyage.

Durant mon adolescence, grâce à un professeur du secondaire assez singulier, nous avons lu quelques-uns des écrits d'Edmund Husserl sur la phénoménologie, que nos esprits idéalistes trouvaient enthousiasmants. Alors que la quasi-totalité du monde adulte paraissait affirmer que seuls les objets tangibles étaient dignes d'intérêt, Husserl, à notre grand délice, soutenait que l'on peut forger un lien, et même un lien intense, avec des objets considérés comme inexistants. Sirènes et licornes, pour ce que nous en savons, n'ont aucune existence tangible démontrée, et cependant les bestiaires chinois du Moyen Âge déclarent que la raison pour laquelle on voit rarement des licornes est leur extrême timidité. Et pourtant, soutenait Husserl, l'esprit humain peut être dirigé intentionnellement vers ces créatures imaginaires et créer entre elles et nous ce qu'il désigne du terme peu poétique de "relation dyadique normale". De telles relations, j'en ai établi des quantités avec des centaines de ces créatures.

Mais n'importe quel personnage littéraire ne devient pas le compagnon préféré de n'importe quel lecteur ; seuls ceux que nous aimons le plus nous suivent au fil des ans. En ce qui me concerne, je ne ressens pas dans mon propre cœur les problèmes indiscutablement déchirants de Renzo et Lucia dans *I promessi sposi*, de Mathilde de La Mole et Julien Sorel dans *Le Rouge et le Noir*, ou de la famille Bennet, si attachée à son statut, dans *Orgueil et Préjugés*. Je me sens plus proche de la colère vengeresse du comte de Monte-Cristo, de la vaillante assurance de Jane Eyre, de la mélancolie raisonnée du M. Teste de Valéry. Mes camarades les plus intimes sont nombreux : le nommé Jeudi, de Chesterton, m'aide comme par magie à affronter les absurdités de la vie quotidienne ; Priam m'apprend à pleurer la mort de mes jeunes amis, et Achille celle de mes aînés bien-aimés ; le Petit Chaperon rouge et Dante le Pèlerin me guident à travers les forêts obscures sur la route de la vie ; le voisin de Sancho, Ricote l'Exilé, me permet de comprendre quelque chose de l'infâme notion de préjugé. Et il y en a tant d'autres !

Sans doute l'un des principaux charmes de ces monstres fabuleux tient-il à leurs identités multiples et changeantes. Enracinés dans leur histoire personnelle, les personnages de fiction ne peuvent être encagés entre les couvertures de leur livre, si bref ou si vaste qu'en puisse être l'espace. Hamlet naît adulte sous les arcades aveugles d'Elseneur et meurt jeune encore parmi un amoncellement de cadavres dans l'une des salles des fêtes du château, mais des générations de lecteurs l'ont sauvé de la noirceur non écrite de son enfance freudienne comme de sa carrière politique posthume – par exemple durant le IIIe Reich, où il devint le personnage le plus souvent interprété sur la scène allemande. Tom Pouce a grandi, Hélène est devenue une vieille desséchée, le Rastignac de Balzac travaille pour le Fonds monétaire international, Ulysse a fait naufrage sur la côte de Lampedusa, Kim a été recruté par le ministère britannique des Affaires étrangères, Pinocchio languit dans un camp de concentration pour enfants au Texas, la Princesse de Clèves en a été réduite à chercher du travail dans un bidonville. À la différence de leurs lecteurs, qui vieillissent et jamais ne redeviendront jeunes, les personnages de fiction sont, en même temps, ceux qu'ils étaient quand nous avons lu leurs histoires pour la première fois, et ceux qu'ils sont devenus au fil de nos lectures successives. Tout personnage de fiction ressemble à Protée, le dieu de la mer à qui Poséidon avait accordé le pouvoir de se transformer en n'importe laquelle des formes de l'univers. "Je sais qui je suis", dit Don Quichotte au cours de l'une de ses premières aventures, après qu'un voisin a tenté de le convaincre qu'il n'est pas l'un des héros imaginaires des romans de chevalerie qui lui sont chers. "Et je sais que je peux être non seulement ceux que j'ai nommés, mais encore les douze Pairs de France et les neuf Hommes illustres ; car de tous les exploits qu'ils ont accomplis, ensemble ou séparément, aucun ne pourra jamais se comparer aux miens." Don Quichotte assume avec emphase les innombrables identités des personnages de ses livres.

Encore des étymologies. De même que "sympathie", "empathie" vient de la racine grecque *pathos* qui signifie "éprouver ou subir". Le mot *empathes*, au sens de "très affecté par", n'apparaît que rarement dans le corpus grec. Aristote, par exemple, n'utilise ce terme qu'une seule fois dans le sixième tome de son *Traité des rêves*, à propos de la peur intense qu'éprouve un lâche qui rêve que ses ennemis sont en train d'approcher. En anglais, *empathy* est un terme assez récent. Il fut inventé en 1909 par un psychologue de Cornell University, Edward Bradford Titchner, qui le suggéra comme traduction de l'allemand *Einfühlung*. Selon Titchner, cette tendance émotionnelle à "ressentir" quelque chose ou quelqu'un est une stratégie que nous employons pour trouver dans des exemples externes (chez Aristote, les rêves du lâche) des solutions à nos conflits mentaux. L'empathie, suggère Titchner, guérit le moi.

David Hume l'avait précédé. En 1738, dans son *Traité de la nature humaine*, il écrit : "À vrai dire, il est évident que, quand nous sympathisons avec les passions et les sentiments d'autrui, ces mouvements apparaissent d'abord dans *notre* esprit comme de simples idées qui sont conçues comme appartenant à une autre personne, comme nous concevons toute autre chose de fait. Il est aussi évident que les idées des affections d'autrui se convertissent dans les impressions mêmes qu'elles représentent et que les passions naissent en conformité avec les images que nous en formons." Husserl dirait qu'"autrui" n'a pas besoin d'être fait de chair et de sang.

Mon expérience personnelle a été husserlienne. Il y a tant de façons possibles de bâtir son autobiographie : à partir des lieux où l'on a vécu, des rêves que l'on a faits et dont on conserve le souvenir, des rencontres remarquables avec des hommes et des femmes inoubliables, d'un simple récit chronologique. J'ai toujours considéré ma vie comme un composé des pages de nombreux livres. Mes lectures, celles qui forment ma cartographie imaginaire, définissent presque chacune de mes expériences intimes, et je peux faire remonter à un certain paragraphe, un certain vers, à peu près tout ce que je crois savoir des choses essentielles.

Ces pages venues de lieux et de temps lointains incluent l'expérience d'aujourd'hui. En nos propres temps angoissés, les migrations forcées, les réfugiés obstinément pleins d'espoir, les demandeurs d'asile naufragés rejetés sur la côte européenne ont tous leur reflet dans le personnage d'Ulysse s'efforçant de retrouver son île. Dans une étude menée en 1992 par un chercheur de l'université de Guadalajara, au Mexique, l'un des travailleurs migrants a décrit l'expérience que fut pour lui la tentative d'arriver aux États-Unis : "Le nord, c'est comme la mer, disait-il.

Quand on voyage en tant que clandestin, on est traîné comme la queue d'un animal, comme un détritus. J'imaginais la façon dont la mer rejette les détritus sur le rivage, et je me disais : C'est peut-être simplement comme si j'étais dans l'océan, balancé et rebalancé encore." C'est l'expérience que vit Ulysse lorsque, après avoir quitté Calypso dans une nouvelle tentative de retour à Ithaque, il dit craindre cependant une fin pitoyable. "À ces mots, une grosse vague abrupte le frappa, dans un élan terrible, et fit chavirer le radeau, dont le héros fut projeté au loin ; le gouvernail lui échappa des mains : le furieux assaut des vents soufflant en ouragan brisa le mât par le milieu et dispersa en pleine mer la vergue et la voilure. Il demeura lui-même enseveli un bon moment sans pouvoir remonter sous l'assaut des puissantes vagues et le poids des habits que lui avait donnés la nymphe. Il en sortit enfin et de sa bouche recracha les paquets d'âcre écume dont sa tête ruisselait. Mais malgré sa douleur il ne pensait qu'à son radeau. S'élançant à travers les flots, il alla le reprendre et s'installa bien au milieu pour éviter la mort, laissant les grands flots l'entraîner au gré de leurs courants, comme en automne le Borée emporte dans la plaine mille brindilles qu'il emmêle en un paquet serré."

L'expérience du monde – l'amour, la mort, l'amitié, la perte, la gratitude, la confusion, l'angoisse, la peur –, toutes ces choses et aussi ma propre identité changeante, je les ai apprises des personnages imaginaires rencontrés au fil de mes lectures, bien plus que de mon visage indistinct dans le miroir ou de mon reflet dans les yeux d'autrui. Eliot a ces vers dans *La Terre vaine* :

Et je te montrerai quelque chose qui n'est
Ni ton ombre au matin marchant derrière toi,
Ni ton ombre le soir surgie à ta rencontre ;
Je te montrerai ton effroi dans une poignée de poussière.

C'est exactement ce que je ressens.

Dans mon souvenir, la première "poignée de poussière" à me faire voir la peur fut le beau fiancé voleur, dans le conte des frères Grimm, dont la fiancée arrivée chez lui en secret découvre qu'il est le chef d'une bande d'assassins. Cachée derrière une barrique, elle voit son futur époux et ses compagnons traîner dans la maison une jeune fille qui sanglote à grands cris. "Ils lui donnèrent du vin à boire, trois verres pleins, un de vin blanc, un de vin rouge et un de vin jaune qui lui creva le cœur. Là-dessus, ils lui ôtèrent sa fine robe, l'allongèrent sur la table, découpèrent son joli corps en petits morceaux, versèrent du sel dessus." L'histoire se termine, bien entendu, avec le châtiment des criminels pour leurs actes honteux, mais telle n'était pas la fin pour moi. Robert Louis Stevenson disait qu'il faisait un cauchemar récurrent, "une certaine nuance de brun", qui lui était indifférente tant qu'il ne dormait pas, mais qu'il craignait et haïssait lorsqu'il rêvait. J'ai été hanté au long de nuits interminables par le reflet de la lumière prismatique des trois couleurs du vin sur des fragments de corps démembrés.

Mon père étant diplomate, une grande partie de mon enfance s'est passée en voyages d'un lieu à un autre. Les chambres dans lesquelles je dormais, les mots prononcés devant chez nous, les paysages alentour ne cessaient de changer. Seule ma petite bibliothèque demeurait la même, et je me rappelle le soulagement intense que je ressentais lorsque, bordé à nouveau dans un lit inconnu, j'ouvrais mes livres et là, sur la page attendue, retrouvais la même vieille histoire et la même vieille illustration. Mon "chez-moi", c'était un lieu dans les histoires, à la fois dans l'objet matériel que je tenais entre les mains et dans les mots imprimés. Quand Taupe, à la fin du *Vent dans les saules*, revenu du vaste monde à sa petite maison, laisse ses yeux parcourir la chère vieille pièce et, voyant comme tout y est franc et simple, comprend à quel point il y tient, je me souviens d'avoir ressenti quelque chose comme un tiraillement d'envie, sachant qu'il avait un endroit où revenir, un "coin rien qu'à lui, rempli de choses qui seraient toujours heureuses de le revoir et de lui faire bon accueil".

L'amour m'est apparu à peu près à l'époque où j'ai atteint mes huit ans, lorsque nous sommes revenus à Buenos Aires et que j'ai eu ma chambre à moi où je pouvais ranger mes livres. Ce fut plus ou moins en même temps que la peur, et également grâce à l'un des contes de Grimm, *La Vraie Fiancée*, version plus subtile de l'histoire de Cendrillon, dans laquelle les amoureux savent dès le début qu'ils sont destinés l'un à l'autre et, après quelques obstacles magiques, vivront heureux à jamais. Je sus que quelque part mon amour encore sans visage m'attendait. Plus tard, à l'adolescence, quand je commençai à ressentir les premiers élans érotiques, j'étais terrifié à l'idée que, si je déclarais sur-le-champ mes sentiments, une attitude aussi explicite serait considérée comme choquante et repoussante. Une réplique de Juliette à Roméo me mit en garde contre toute affectation de pruderie : “Si tu crois que je me laisse trop vite gagner, je froncerai le sourcil, et je serai cruelle, et je te dirai *non*, pour que tu me fasses la cour : autrement, rien au monde ne m'y déciderait.” Je suivis son conseil avec des résultats mitigés.

Quand enfin je tombai pour la première fois vraiment amoureux, comme je cherchais à comprendre mes émotions – mêlées de confusion, de contentement et de triomphe –, ce fut Kipling qui m'éclaira, avec ce passage sur lequel se termine *Kim*, à propos de ce que ressent le lama pour son *chela* : “Il croisa les mains devant lui et sourit, comme le pourrait un homme qui a obtenu le salut pour lui-même et pour son bien-aimé.” Je trouvai aussi un écho à ma dévotion aveugle et absolue dans les paroles de Ling, le disciple décapité, à son maître dans le conte oriental de Marguerite Yourcenar, *Comment Wang Fô fut sauvé.* Voyant apparaître devant lui le fantôme de son disciple, Wang Fô lui dit : “Je te croyais mort.” Et Ling répond : “Vous vivant, comment aurais-je pu mourir ?” Comment, en effet ?

Sadegh Hedayat nous affirme dans *La Chouette aveugle* que “tout au long de nos vies, le doigt de la mort est pointé sur nous”. Grâce à *La Chouette aveugle* et à d'autres récits, je sens désormais que je possède au moins un guide de poche de ce doigt pointé, pour m'aider quand j'en serai là. Avant tout, je sais que ce sera un verbe, pas un nom. Lorsque le narrateur, dans *La Voie royale*, d'André Malraux, parle de la mort à son ami agonisant, celui-ci réagit avec une colère indignée : “Il n'y a pas… de mort… Il y a seulement moi… moi… qui vais mourir.” Et l'Ivan Ilitch de Tolstoï décrit pour moi à quoi peut ressembler le sentiment de toucher à sa fin : “Il éprouvait ce qu'on éprouve parfois en chemin de fer, quand on croit avancer tandis qu'on recule et que, tout à coup, on s'aperçoit de son erreur.” Je crois savoir exactement ce qu'il veut dire. Néanmoins, si je pouvais choisir ma mort, je choisirais celle de l'écrivain Bergotte dans la saga de Proust : “Toute la nuit funèbre, aux vitrines éclairées, ses livres, disposés trois par trois, veillaient comme des anges aux ailes déployées et semblaient, pour celui qui n'était plus, le symbole de sa résurrection.”

Dans les moments d'indécision, d'angoisse, de doute, le conseil de l'épouvantail à Dorothée lorsqu'ils arrivent à la forêt obscure m'est toujours venu en aide en raison de son élémentaire bon sens : “Si cette route entre, elle doit bien ressortir, dit-il, et comme la Cité d'Émeraude est à l'autre bout de cette route, nous devons aller partout où elle nous mènera.” Et lorsque nos compagnons de voyage ne sont pas aussi encourageants que l'épouvantail, je pense au vieux père, dans la nouvelle de Juan Rulfo *Tu n'entends pas les chiens aboyer*, qui porte sur son dos son fils Ignacio, blessé, pour l'emmener chez le médecin dans le village lointain. Ignacio ne comprend pas qu'il devrait encourager son père épuisé en lui disant qu'il entend aboyer les chiens du village, même si ce n'est pas le cas. “Et tu ne les entendais pas, Ignacio ? lui demande le père à la fin, quand ils arrivent enfin. Tu ne m'as même pas donné cet espoir pour m'encourager.”

L'amitié, la collaboration, une vigilante affection supposent que l'on aide à écouter ce qui n'est pas encore là, qui pourrait n'être jamais là. Virginia Woolf décrit la frustration d'un tel espoir au début de *La Promenade au phare*, quand Mrs Ramsay promet à James, son fils âgé de six ans, une promenade au phare "s'il fait beau demain". "Mais, dit son père en s'arrêtant devant la fenêtre du salon, il ne fera pas beau." Et Woolf de commenter : "Si James avait eu à sa portée une hache, un tisonnier ou toute autre arme susceptible de fendre la poitrine de son père et de le tuer sur place, là, d'un seul coup, il s'en serait emparé." Souvent, ressentant le même élan vengeur que James, je voudrais prendre ma revanche sur le paternalisme du monde objectif et, tel le roi Lear, "faire des choses… Ce qu'elles seront, je ne le sais pas encore ; mais elles feront l'épouvante de la terre".

Ce n'est pas seulement en ce qui concerne l'amour, la mort et la vengeance que mes amis imaginaires m'assistent et me conseillent. Lorsque j'écris, aussi, ils m'aident à l'occasion. Le meilleur conseil pour se mettre au travail malgré un manque d'inspiration me fut donné par Harriet Vane, l'auteur de roman policiers dans *Le Cœur et la Raison*, de Dorothy L. Sayers. Lord Peter Wimsey, l'aristocratique limier qui a sauvé Vane de la potence dans un roman précédent, voudrait l'épouser mais comment peut-elle entamer une relation équilibrée avec quelqu'un à qui elle doit la vie ? Dans *Le Cœur et la Raison*, Harriet s'efforce de composer une lettre à Wimsey au sujet de son neveu, mais elle n'arrive pas à trouver le ton qui convient. Après de multiples tentatives échouées, elle finit par se demander : "Que diable m'arrive-t-il ? Pourquoi suis-je incapable d'écrire un texte clair en anglais sur un sujet donné." Et alors elle s'y met et le fait. Plus souvent que je ne puis le dire, cette ferme admonestation m'a aidé à accomplir ma tâche.

Dans certains cas, le conseil est excellent mais je me trouve incapable de le suivre, comme lorsque, dans *Alice au pays des merveilles*, le roi dit au Lapin blanc : "Commencez par le commencement, et continuez jusqu'à ce que vous arriviez à la fin ; ensuite, arrêtez-vous." Ou quand Jo, dans *Les Quatre Filles du docteur Marsh*, s'enferme dans sa chambre, enfile son "costume de scribouilleuse" et "tombe dans un vortex", selon son expression, écrivant de tout son cœur et de toute son âme "car tant que cela n'était pas fini elle ne pouvait trouver aucune paix". Il est rare que je puisse convoquer une énergie créative aussi persistante.

Ce qui est devenu pour moi une pierre angulaire de la foi, plus vrai que vrai et de plus en plus vrai au fil du temps, c'est ce que dit l'abbé au peintre d'enluminures dans *L'Œil d'Allah*, la nouvelle de Kipling : "Mais pour la souffrance de l'âme il n'existe, hors la grâce de Dieu, qu'une seule drogue, et c'est l'art de l'homme, l'instruction ou toute autre démarche salutaire de son propre esprit." Mes amis imaginaires m'assistent dans ma recherche de pareilles démarches salutaires.

Dans sa très captivante autobiographie, *Père et Fils*, Edmund Gosse explique que les œuvres de fiction n'étaient pas admises dans le sévère foyer calviniste de ses parents. "Jamais, dans toute ma petite enfance, personne n'a prononcé pour moi le troublant préambule, « Il était une fois ». On me racontait des histoires de missionnaires, mais jamais de pirates ; je connaissais bien les oiseaux-mouches mais n'avais jamais entendu parler de fées. Jack le Tueur de géants, Rumpelstiltskin et Robin des Bois n'étaient pas de mes relations et, même si je savais ce qu'étaient les loups, jusqu'au nom du Petit Chaperon rouge m'était inconnu. En ce qui concernait ma « vocation », je ne peux que penser que mes parents étaient dans l'erreur en excluant ainsi l'imaginaire de ma perception des faits. Ils désiraient m'attacher à la vérité ; la tendance était de me rendre positif et sceptique. S'ils m'avaient enveloppé de la douceur de la fantaisie surnaturelle, mon esprit aurait pu se contenter plus longtemps de respecter inconditionnellement leurs traditions."

Dans la lointaine enfance de ma génération, enveloppée dans la douceur de la fantaisie surnaturelle, nos compagnons de jeu étaient Fifi Brindacier et Pinocchio, Sandokan le pirate et Mandrake le magicien ; ceux des enfants d'aujourd'hui sont vraisemblablement Harry Potter et ses compagnons, et les Maximonstres de Maurice Sendak. Tous ces monstres fabuleux sont d'une fidélité si inconditionnelle qu'ils ne sont pas troublés par nos faiblesses et nos échecs. Maintenant que mes os me permettent à peine d'atteindre les étagères d'en bas, Sandokan m'appelle une fois encore aux armes et Mandrake m'oblige à tirer vengeance des sots, tandis que Fifi, avec une grande patience, me répète encore et encore de suivre le bout de mon nez sans me soucier des conventions, et que Pinocchio s'obstine à me demander pourquoi, en dépit de ce que lui a dit la Fée bleue, il ne suffit pas d'être honnête et bon pour vivre heureux. Et moi, de même qu'aux jours lointains d'il y a longtemps, je ne trouve pas la bonne réponse.

M. BOVARY

Des deux, il est le second violon, le plus prosaïque, le moins impulsif, celui qui s'est résigné à son bienséant anonymat, celui que Flaubert n'identifie pas. Il est celui qui offre à Emma une excuse pour son infidélité, même s'il n'a jamais exigé qu'elle lui soit fidèle. Celui qui mène une vie laborieuse, honnête et régulière, sans autre ambition qu'une satisfaction paisible, sans surprises. Il manque de charme, c'est vrai. Personne n'éprouve pour lui une passion dévastatrice, personne ne l'imagine escaladant des

balcons dans la nuit ou se battant en duel dans un vallon couvert de neige. Et pourtant, Monsieur Bovary est un personnage absolument indispensable. Rappelons-nous que *Madame Bovary* commence et s'achève avec lui, pas avec Emma. Sans lui, Emma ne signifierait rien, elle ne deviendrait jamais une héroïne romantique, elle n'aurait jamais connu ni passion ni béatitude extatique. Soyons clairs : Monsieur Bovary n'existe qu'afin que Madame puisse accomplir son destin tragique.

La vérité, c'est que Charles Bovary est dépourvu d'imagination. Son comportement plutôt flegmatique est le fruit d'une vie terne tracée en noir et blanc. Dès l'enfance, il est un peu ballot. Dans les premières pages du roman, Flaubert le décrit comme un adolescent maladroit et timoré, à peine capable de prononcer son nom en réponse à la question du maître. Il n'inspire ni confiance ni tendresse. Le premier jour d'école, le maître lui fait copier vingt fois : "Je suis ridicule." Le garçon ne se plaint pas. Plus tard, c'est son père qui décide qu'il fera des études de médecine et sa mère qui lui trouve une chambre où loger. Charles, devenu désormais Monsieur Bovary, laisse les autres prendre toutes les décisions pour lui.

La vérité artistique est étrangère à son esprit. La fiction sentimentale ("les romans de femme", dit-il) dans laquelle Emma trouve ses modèles, n'a aucun sens pour lui. Pour Monsieur Bovary, la fiction n'existe pas. Au théâtre, où il assiste avec Emma à une représentation de *Lucia di Lammermoor*, voyant la passion avec laquelle Edgar déclare son amour à l'héroïne, il s'étonne : "Pourquoi donc, demande-t-il, ce seigneur est-il à la persécuter ? – Mais non, répond Emma, impatiente, c'est son amant." Charles ne comprend toujours pas. “Tais-toi !” lui dit-elle. Innocemment, il se défend : “C’est que j’aime à me rendre compte, tu sais bien.” Emma n’arrive pas à lui faire voir que, exactement comme lorsqu’on assiste à un opéra, la passion amoureuse dans la vraie vie ne peut s’expliquer : soit on la comprend dans ses tripes, soit on en est exclu à jamais. En telles matières, c’est principalement Monsieur Bovary qui n’est pas dans le coup.

La tragique histoire de Lucia et la musique de Donizetti rappellent à Emma le jour de son mariage. Comparée à la passion extatique vécue sur scène par les acteurs, la joie de ces heures lointaines lui fait l’effet d’un “mensonge imaginé pour le désespoir de tout désir”. Voilà une curieuse observation : Emma conçoit la création artistique comme provenant, non de nos désirs, mais de notre manque de désir. Que nous dit-elle de Flaubert lui-même, qui a passé sa vie à satisfaire (ou à tenter de satisfaire) ses fantasmes érotiques ? S’il avait la conviction qu’il prête à Emma, que devrions-nous croire, nous, ses lecteurs ? Ses désirs personnels, ou son art ? Après tout, “Madame Bovary, c’est moi !” est la phrase la plus connue de Flaubert.

Les époux littéraires n’ont pas tous tendance à s’effacer. Andromaque, Clytemnestre, Lady Macbeth ont leurs rôles à jouer, aussi ou plus vigoureux et mémorables que ceux de leurs partenaires conjugaux. Il est vrai qu’Acerbe (mari de Didon), doña Ximena (épouse du Cid), Alexei Alexandrovich Karénine (mari d’Anna) sont quelque peu plus vagues, mais rares sont, à mon avis, ceux qui ont l’effet simultanément discret et nécessaire de Charles Bovary.

Passion, talent imaginatif, originalité, charme – de tout cela, Monsieur Bovary peut être dépourvu, mais pas d'amour. Monsieur Bovary aime sa femme. Après sa mort, il s'efforce de ne pas l'oublier et cependant, jour après jour, son image aimée semble disparaître peu à peu et le pauvre Monsieur Bovary en reste inconsolable. C'est dans ses rêves seulement qu'il parvient à la faire revenir telle qu'elle était : chaque nuit, il la voit, et il va vers elle mais, lorsqu'il tente de l'embrasser, Emma se désintègre en une masse de chair pourrissante.

Après la mort d'Emma, comme en exemple d'impartialité littéraire, Monsieur Bovary meurt assis sur le même banc de son jardin sur lequel Emma avait mené son aventure amoureuse. Avant de mourir, il pardonne à l'amant de sa femme, l'assure qu'il ne lui veut pas de mal et déclare à haute voix : "C'est la faute de la fatalité !" Ce sont ses derniers mots. Malicieusement, comme une sorte d'insulte posthume, Flaubert prête au pauvre homme un cliché dont se seraient régalés ses futurs clowns, Bouvard et Pécuchet.

Mais il y a là un paradoxe. Cette littérature romanesque et triviale que Flaubert méprisait si manifestement, dont Emma se fait de tels délices et qui, sans nul doute, contribue à son malheur, offre à Monsieur Bovary une épitaphe appropriée. Les mots sur la tombe d'Emma sont *"Amabilem conjugem calcas !"*, "Vous marchez sur une épouse aimée !" – ce qui n'est ni sentimental ni comique, simplement grotesque. Et cependant, affirmer que le destin est, au bout du compte, responsable du genre de vie, tragique ou heureux, que nous avons mené, même si c'est indiscutablement un cliché, n'en est pas moins une vérité : immuable, littéraire et – pourquoi ne pas le dire – courageuse.

LE PETIT CHAPERON ROUGE

Il y a des personnages dont le nom révèle la couleur de la peau (Blanche Neige), les capacités (Spiderman), la taille (Poucette). D'autres, l'habillement. Une courte capeline rouge sang définit la fillette aventureuse rêvée par Charles Perrault vers la fin du XVIIe siècle. Elle fleurait bon la tentatrice candide, cette créature à la fois polie et audacieuse de qui émanait un attrait si subtil que Charles Dickens, adulte, en vint à avouer qu'elle avait été son premier amour. "Il me semblait que j'aurais pu épouser le Petit Chaperon rouge, admettait-il. J'aurais connu un bonheur parfait."

Son histoire est bien connue. La course que sa mère l'envoie faire (apporter à sa grand-mère malade une galette et un petit pot de beurre), sa rencontre avec l'animal félon (c'est le pivot de l'histoire), les distractions qu'elle trouve en chemin (elle ramasse des noisettes et court après des papillons), le sort tragique de la grand-mère (qui rappelle ceux de Jonas et de Gepetto), les questions qu'elle pose à sa fausse grand-mère et les réponses contournées du loup qui finissent par révéler sa véritable identité (lieu commun obligé dans les contes populaires).

Un récit précurseur de cette histoire est consigné dans l'*Edda en prose*, composée en Islande au XIIIe siècle. Il raconte comment Loki, le rusé, doit expliquer au géant Thrym pourquoi la fiancée du géant (qui n'est autre que Thor, le dieu du tonnerre, déguisé) a un aspect aussi décidément peu féminin.

Ayant vu la prétendue dame dévorer huit saumons et un bœuf entier, Thrym, ahuri, déclare n'avoir jamais vu une mariée manger et boire autant. Loki lui explique qu'elle était si anxieuse d'arriver à ses noces qu'elle n'a rien mangé depuis huit jours. Et comme Thrym s'effraie du regard orageux qu'il aperçoit derrière le voile nuptial, Loki explique une fois encore qu'elle était si anxieuse d'arriver qu'elle n'a plus dormi depuis huit longues nuits.

Nos histoires sont pleines de personnages travestis : femmes en hommes, banales chez Shakespeare – Rosalinde, Portia, Imogène, Viola –, ainsi qu'hommes en femmes : Falstaff en sa grosse tante, Huckleberry Finn déguisé en fille nommée Sarah ou Mary, M. Rochester en bohémienne diseuse de bonne aventure, Crapaud, dans *Le Vent dans les saules*, en vieille lavandière. Tous survivent en faisant jouer contre lui-même le dogme de l'identité conventionnelle.

Le credo du Petit Chaperon rouge est celui de Thoreau : la désobéissance civile. Les ordres autoritaires de sa mère doivent être exécutés, cela, elle le sait, mais elle les exécutera à son gré. Le chemin le plus court entre A et Z, ce n'est pas son affaire, la voie directe et étroite non plus. Holden Caulfield, dans *L'Attrape-cœurs*, aurait approuvé. "J'aime bien quand on s'écarte du sujet, dit-il. C'est plus intéressant et tout." À cause des digressions de la fillette, la forêt vient à exister, ainsi que le loup, le bûcheron, l'aventure romanesque de la grand-mère. Sans l'esprit de digression du Petit Chaperon rouge, il n'y aurait pas d'histoire.

Zénon soutenait que le mouvement était impossible parce que, pour passer de n'importe quel endroit au suivant, il faut d'abord atteindre un point à mi-chemin entre les deux, et pour cela nous devons en atteindre un autre à mi-chemin entre le premier et le point intermédiaire, et ainsi de suite pour toute l'éternité. Le Petit Chaperon rouge démontre que Zénon se trompait. Le mouvement est possible à cause, précisément, de tous ces points intermédiaires : points dans le paysage, où les baies sont mûres, les noisettes abondantes, les fleurs prêtes à être cueillies. Jusqu'à la présence du loup, qui n'est qu'un point intermédiaire de plus sur le chemin du logis de la grand-mère (qu'elle finira bel et bien par atteindre) parce que cette enfant désobéissante (désobéissante tant aux injonctions maternelles qu'aux lois des présocratiques) choisit librement les endroits où elle décidera de s'arrêter. Le Petit Chaperon rouge est emblématique de la liberté individuelle, ce qui est peut-être la raison pour laquelle la coiffe de la Marianne révolutionnaire est de la même couleur que la sienne.

L'histoire du Petit Chaperon rouge change selon qui la raconte. Dans le conte de Perrault, le loup la dévore et c'est la fin. Des versions ultérieures, plus compassionnelles, introduisent un héroïque bûcheron qui apparaît à la dernière minute pour sauver l'enfant de la gueule du loup et, au moyen d'une sorte de césarienne, sauver aussi la grand-mère. Perrault ne décrit pas la scène où le Petit Chaperon rouge rejoint la fausse grand-mère dans son lit mais, grâce à la morale qui conclut le conte, on voit clairement le type de loup que Perrault avait en tête. "Tous les loups ne sont pas de même sorte, écrit-il ; il en est d'une humeur accorte, sans bruit, sans fiel et sans courroux, qui privés, complaisants et doux, suivent les jeunes demoiselles jusque dans les maisons, jusque dans les ruelles ; mais hélas ! qui ne sait que ces loups doucereux, de tous les loups sont les plus dangereux ?"

La stratégie du loup est employée plus souvent qu'on ne croit. Le fameux abbé de Choisy, contemporain de Perrault, se conduisait de façon aussi peu recommandable. Enfant, déjà (nous raconte-t-il dans ses Mémoires), il aimait à se revêtir de tenues féminines. À Bourges, où il était allé passer de brèves vacances travesties, il rencontra une certaine Mme Gaillot, dont la plus jeune fille était une enfant ravissante. Un soir, Mme Gaillot suggéra que sa fille dorme dans le même lit que son hôte. L'abbé, en chemise de nuit ornée de dentelles et bonnet à rubans, accepta avec empressement. Après quelque temps, la fillette s'écria : "Ah ! quel plaisir !" "Tu ne dors pas, ma fille ? demanda la mère en entendant son gémissement. – C'est juste que j'avais froid en entrant dans le lit, répondit la maligne. Mais maintenant que j'ai chaud, je me sens très, très contente."

Près d'un siècle après l'escapade de l'abbé, le marquis de Sade comprenait que l'histoire du Petit Chaperon rouge pouvait tolérer une lecture différente. "Il n'est d'infamie que le loup n'invente afin de capturer sa proie", prévenait-il de sa cellule à l'asile d'aliénés de Charenton. S'il disait vrai – s'il est vrai que, à peu près quoi qu'elle fasse, le Petit Chaperon rouge finira dans le lit du loup –, deux stratégies lui restent pour y échapper. La première consiste à se résigner à sa condition de victime (thème développé par Sade dans *Justine ou les Malheurs de la vertu*), la seconde à devenir maîtresse de son propre sort (telle qu'il l'explore dans *Juliette ou les Prospérités du vice*).

Ces deux stratégies ont, l'une et l'autre, des descendantes. Issues de la première, comme la Marguerite Gautier de Dumas, la Marianela de Galdós, la Petite Dorrit de Dickens ; ou de la seconde, comme la Mrs Warren de Shaw, la Lolita de Nabokov et la "Bad Girl" de Vargas Llosa. Le Petit Chaperon rouge, toutefois, est les deux à la fois. Séductrice séduite, innocente avertie, elle ne cesse de parcourir la forêt, libre et sans crainte des loups cauteleux.

DRACULA

Il appert que, dans le courant du XVe siècle, un certain Vlad Draculesti, prince de Valachie, régna sur une bonne partie de ce qui est aujourd'hui la Roumanie avec une telle férocité que ses sujets, en référence à la méthode de torture préférée du prince, lui donnèrent le nom de Vlad l'Empaleur. En dépit du nombre ambitieux de ses victimes (plus de dix mille) et de la délectation qu'il était supposé retirer des souffrances d'autrui (il disait que l'odeur du sang humain le nourrissait mieux qu'un canard rôti aux prunes), Vlad Draculesti ne paraît guère différent de la bande de souverains qui furent ses aînés ou ses disciples :

Hérode et Néron, Pol Pot et Staline. Ce fut toutefois à ce prince sanguinaire, ennemi de l'Empire ottoman, que les muses choisirent d'assurer une destinée littéraire.

En 1897, l'Irlandais Bram Stoker, secrétaire et organisateur des tournées du grand acteur Henry Irving, se laissa tenter par la plume et, inspiré par une histoire de vampire inventée par son compatriote Sheridan Le Fanu, publia un roman d'épouvante dont le protagoniste est une version victorienne du prince valaque qui, au lieu d'empaler ses victimes, les mord. L'impérieux Draculesti, dans sa nationalité hongroise d'adoption et réduit aux trois premières syllabes de son nom, est porteur depuis l'époque de Stoker des attributs les plus gothiques de la peur : le sang, les tombes, la nuit, le froid, les chauves-souris, les crocs et la cape noire. Par-dessus tout : le sang.

L'histoire composée pour lui par Stoker est sanglante à tous les sens du terme. Il y a le sang aristocratique qui coule dans les veines de l'ancien comte et le sang dont cette créature anémique doit s'abreuver soir après soir ; il y a (de manière implicite), le sang de Notre Sauveur raillé par les rites sataniques du vampire et le sang du pouvoir politique nourri du sang plébéien de la classe moyenne née de la révolution industrielle. Et dans la cartographie du corps humain, il y a le sang sous-cutané dont la sortie pointant vers le monde extérieur – la bouche de la fontaine, l'orifice vital, la chambre d'écho de l'orgasme – se trouve dans le cou.

L'histoire de Dracula est une histoire de cous. Le cou est la scène sur laquelle se joue le drame de Stoker : les cous de femmes somnambules vêtues de négligés translucides, les cous pleins de fierté de ceux qui s'opposent au comte, les cous vaillants dressés par ceux qui le poursuivent, les cous vierges de ses victimes innocentes. En termes absolus, quelle attraction exerce le cou ? Maurice Scève, un contemporain de Shakespeare, déclarait que le Créateur, afin de ne pas restreindre la beauté au "petit espace" du visage, l'étendit au cou ivoirin que Scève appelle "une branche, un pilier de l'autel, un pupitre pour les lettres de Vénus, une armoire pour la chasteté."

Mais pourquoi, de toutes les pièces et morceaux du corps humain, cette région particulière, passage obligé du torse à la tête, serait-il le seul à attirer les lèvres du séducteur, les mains de l'assassin, la hache du bourreau, les crocs du monstre ? Qu'a donc la nudité de cette zone délicate et sensible pour s'attirer la fièvre de la violence érotique, ou de la violence *tout court** ? Sans doute parce que c'est là où, plus qu'en toute autre partie du corps, la peau dissimule à peine le réseau des veines et des artères secrètes, que le vampire, tel l'explorateur d'un monde caché et merveilleux, curieux de découvrir le royaume souterrain qui pourrait mener à l'essence de notre être, cherche, téméraire, à pénétrer dans ces fourrés mystérieux, enchevêtrés, ténébreux et interdits. Se sachant condamné, comme nous tous, à la mort, le comte Dracula cherche la source de la vie.

L'ombre du triste comte plane désormais au-dessus des rêves adolescents, car dans ce passage de l'enfance à l'âge adulte, les adolescents désirent, et craignent, l'initiation aux actions infâmes de leurs

* Ici et dans tout le livre, les mots en italiques suivis d'un astérisque sont en français dans le texte original. *(N.d.T.)*

aînés. Au-dessus des rêves des vieillards elle plane aussi, car au terme de nos vies nous souhaitons ce qui est irrécupérable : le toucher d'une peau ferme, la tiédeur de jeunes lèvres, la pulsation d'un sang chaud. Quelque part dans ce long poème qu'est son *Roman de la rose*, Jean de Meung suggère que la fontaine de jeunesse n'est pas d'eau mais de sang.

Apôtre du sang, seigneur de la nuit, envahisseur du sommeil dans l'intimité de la chambre, bien que destiné à la tombe, le comte Dracula ne peut mourir. Contre cette interdiction s'avèrent inutiles les astuces du Dr Van Helsing, la conclusion décrétée par l'auteur du roman, les crucifix et l'ail, les parodies et satires qui prétendent ne pas le craindre, la sévérité des lois scientifiques qui répudient la certitude de son existence. En dépit de tout cela, le comte Dracula ne cesse de revenir et revenir encore. Les doubles que lui ont procurés romanciers et cinéastes, les nouvelles aventures imaginées par Anne Rice et Stephenie Meyer, les différentes apparences que lui ont prêtées Max Schreck, Bela Lugosi et Tom Cruise n'y font rien. Il nous faut nous résigner au fait que le comte Dracula est devenu, à notre sombre époque, un monstre nécessaire.

ALICE

De tous les miracles qui pointillent les histoires de nos littératures, il en est peu d'aussi miraculeux que celui de la naissance d'Alice. L'après-midi du 4 juillet 1862, le révérend Charles Lutwidge Dodgson, accompagné par un ami, emmena les trois petites filles du Dr Liddell, Doyen de Christ Church, faire une expédition de près de cinq kilomètres en bateau sur la Tamise près d'Oxford. Les fillettes exigèrent une histoire, et le révérend Dogson se mit à en improviser une à propos de sa préférée, Alice, âgée de sept ans. De temps en temps, pour nous taquiner, se rappellerait Alice Liddell des

années plus tard, "M. Dodgson s'arrêtait brusquement et disait : « Et voilà tout jusqu'à la prochaine fois. – Ah, mais on est la prochaine fois », s'exclamaient-elles toutes les trois ; et, après force persuasion, l'histoire reprenait." Au retour, Alice demanda à Dodgson de la lui écrire. Il promit d'essayer et passa presque toute la nuit à coucher sur le papier ce qu'il intitula *Les Aventures d'Alice sous Terre*. Trois ans après, l'histoire fut publiée à Londres par Macmillan sous le pseudonyme de "Lewis Carroll" et le titre *Les Aventures d'Alice au pays des merveilles*.

Que ces aventures aient été inventées au cours de l'excursion est quasiment incroyable. Que la chute et les explorations d'Alice, ses rencontres et ses découvertes, les syllogismes, jeux de mots et plaisanteries savantes puissent, dans toute leur ampleur et leur cohérence fantastiques, avoir été imaginés sur-le-champ tout en les racontant semble vraiment miraculeux. Aucun miracle n'est toutefois entièrement inexplicable, et il est possible que l'histoire d'Alice ait des racines plus profondes que ne peut le suggérer sa réputation dans la littérature enfantine.

On ne lit jamais les aventures d'Alice comme un autre conte pour enfants. Leur géographie est fortement empreinte des réverbérations d'autres lieux mythiques, tels que l'Utopie et l'Arcadie. Dans *La Divine Comédie*, l'esprit qui garde le sommet du mont Purgatoire explique à Dante que l'Âge d'or chanté par les poètes est le souvenir inconscient d'un Paradis perdu, d'un état disparu de bonheur parfait : peut-être le Pays des Merveilles est-il le souvenir inconscient d'un état de raison parfaite, un état qui, vu de nos jours par les yeux des conventions sociales et culturelles, nous paraît complètement fou.

Quiconque suit Alice dans le trou du lapin puis à travers le royaume labyrinthique de la Reine rouge et, plus tard, de l'autre côté du miroir, ne le fait jamais pour la première fois. Seules les sœurs Liddell peuvent être considérées comme ayant assisté à la création et, même alors, elles doivent avoir éprouvé une impression de *déjà-vu** : dès ce premier jour, le Pays des Merveilles et le Royaume des Échecs ont fait leur entrée dans la bibliothèque universelle, un peu comme le Jardin d'Éden, un endroit dont nous connaissons l'existence sans y avoir jamais mis les pieds. La géographie d'Alice (bien qu'elle ne se trouve sur aucune carte – les "vrais lieux ne s'y trouvent jamais", observait Melville) est le paysage récurrent de notre vie rêvée.

Parce que le monde d'Alice, c'est, bien sûr, le nôtre : non pas en termes symboliques abstraits, ni comme une allégorie calculée, ni comme une fable dystopique. Le Pays des Merveilles est simplement le lieu fou où nous nous retrouvons jour après jour, avec sa ration quotidienne de paradis, d'enfer et de purgatoire – un lieu où nous devons voyager comme nous voyageons dans la vie. Alice (comme nous) n'est équipée pour ce voyage que d'une seule arme : la parole. C'est grâce aux mots que nous cheminons à travers la forêt du Chat du Cheshire et le terrain de croquet de la Reine de cœur. C'est grâce aux mots qu'Alice découvre la différence entre ce que les choses sont et ce qu'elles semblent être. Ce sont ses questions qui révèlent la folie du Pays des Merveilles, cachée, de même que dans notre monde, sous un mince habillage de respectabilité conventionnelle. Nous pouvons tenter de trouver une logique à la folie, ainsi que le fait la

Duchesse en inventant une morale à toute chose, si absurde soit-elle, mais la vérité, comme le dit à Alice le Chat du Cheshire, c'est que nous n'avons pas le choix en la matière : quel que soit le chemin que nous suivons, nous nous retrouverons parmi des fous et nous devons faire de la parole le meilleur usage possible afin de conserver la maîtrise de ce que nous considérons comme notre santé mentale. Les mots révèlent à Alice (et à nous) que la seule réalité indiscutable de ce monde déconcertant est que, sous une rationalité apparente, nous sommes tous fous. Ainsi qu'Alice, nous risquons de nous noyer, et tout le monde avec nous, dans nos larmes. Nous pensons volontiers, comme le Dodo, que quelles que soient notre incompétence et la direction dans laquelle nous courons, nous devrions tous gagner et devrions tous avoir droit à un prix. Ainsi que le Lapin blanc, nous donnons des ordres à gauche et à droite, comme si les autres devaient se sentir obligés (et honorés) de nous servir. À l'instar du Ver à soie, nous mettons en question l'identité d'autrui mais n'avons guère d'idée de la nôtre, même à la limite de la perte de cette identité. Nous croyons, comme la Duchesse, au châtiment du comportement désagréable des jeunes, mais ne nous intéressons guère aux raisons de ce comportement. De même que le Chapelier fou, nous nous croyons seuls à avoir le droit de manger et de boire à une table dressée pour de nombreux autres convives, et avons le cynisme d'offrir aux assoiffés et affamés du vin alors qu'il n'y a pas de vin, et de la confiture tous les jours sauf aujourd'hui. Sous le règne de despotes tels que la Reine de cœur, nous sommes forcés de jouer à des jeux insensés avec des instruments inadéquats – des balles qui filent en roulant comme des hérissons et des cannes qui se tordent et se plient comme des flamants – et quand nous nous montrons incapables de suivre les instructions, nous sommes menacés d'avoir la tête coupée. Nos méthodes éducatives, ainsi que l'expliquent à Alice le Griffon et la Tortue "fantaisie", sont soit des exercices de nostalgie (l'enseignement du patin et du break*), soit des formations au service d'autrui (comment être jeté avec les huîtres dans la mer). Et, longtemps avant que Kafka ne le décrive, notre système judiciaire, comme celui qui est chargé de juger le Valet de cœur, est incompréhensible et injuste. Rares sont toutefois ceux d'entre nous qui, comme Alice à la fin du premier livre, ont le courage de se dresser (littéralement) pour défendre leurs convictions et de refuser de se taire. En suite de cet acte suprême de désobéissance civile, Alice est autorisée à se réveiller de son rêve. Nous, bien sûr, ne le sommes pas.

Voyageurs, nous aussi, nous reconnaissons dans le voyage d'Alice les thèmes toujours présents dans nos vies : la poursuite et la perte de nos rêves, les larmes et la souffrance concomitantes, la course à la survie, la réduction en servitude, ce cauchemar qu'est l'incertitude de sa propre identité, les effets des dysfonctionnements familiaux, la soumission nécessaire à des arbitrages absurdes, les abus d'autorité, l'enseignement perverti, la connaissance impuissante de

* Il y a ici un jeu de mots difficilement transposable. Lewis Carroll a écrit : *the teaching of Laughing and Grief*, l'enseignement du rire et du chagrin ; *laughing* et *grief* ont presque la même sonorité que *Latin* et *Greek*. Henri Parisot, le traducteur, a choisi en français la ressemblance des sonorités, non sans raison, mais en s'écartant inévitablement du sens. *(N.d.T.)*

crimes impunis et de châtiments injustes, et le long combat de la raison contre la déraison. Tout cela, ainsi que l'impression envahissante de folie, c'est en fait un résumé des histoires d'Alice elles-mêmes.

"Définir en quoi la folie véritable consiste, entendons-nous dans *Hamlet*, ce serait tout simplement fou." Alice en serait convenue : la folie est l'exclusion de tout ce qui n'est pas fou et par conséquent tout le monde, au Pays des Merveilles, correspond au *dictum* du Chat du Cheshire. Mais Alice n'est pas Hamlet. Ses rêves ne sont pas de mauvais rêves. Jamais elle ne nourrit des idées noires, ni ne se voit comme la main d'une justice fantomatique, jamais elle n'exige la preuve de ce qui est d'une clarté limpide, elle croit à l'action immédiate. Les mots, pour elle, ne sont pas simplement des mots, ce sont des créatures vivantes, et penser ne rend pas les choses bonnes ou mauvaises. Elle n'a certes nulle envie que fonde sa chair solide, pas plus qu'elle ne souhaite filer en hauteur ou rétrécir (même si, pour franchir la petite porte du jardin, elle aimerait pouvoir "rentrer en elle-même comme un télescope"). Alice n'aurait jamais succombé à cause d'une lame empoisonnée ni bu, comme la mère d'Hamlet, à une coupe empoisonnée. Lorsqu'elle saisit la bouteille qui affiche "bois-moi", elle commence par regarder s'il y est, ou non, marqué poison "car elle avait lu plusieurs charmantes petites histoires où il était question d'enfants brûlés vifs, ou dévorés par des bêtes sauvages, ou victimes de maintes autres mésaventures, toujours parce qu'ils n'avaient pas *voulu* se souvenir des simples avertissements que leurs amis leur avaient donnés". Alice est beaucoup plus raisonnable que le prince de Danemark.

Comme Hamlet, cependant, Alice doit s'être demandé, coincée dans la maison du Lapin blanc, si elle aussi ne pouvait être enfermée dans une coquille de noix, mais quant à être roi (ou reine) d'un espace infini, Alice ne se contente pas de s'en soucier : elle s'évertue à obtenir ce titre et, dans *De l'autre côté du miroir*, elle se donne beaucoup de mal pour gagner la couronne de rêve promise. Élevée selon de sévères préceptes victoriens plutôt que selon le laxisme élisabéthain, Alice croit à la discipline et à la tradition, et n'a pas de temps à perdre à grogner et procrastiner. D'un bout à l'autre de ses aventures, Alice, en jeune personne bien élevée, confronte la déraison à la simple logique. La convention (construction artificielle de la réalité) est opposée au fantasme (réalité naturelle). Alice sait d'instinct que la logique est pour nous le moyen de donner du sens à ce qui n'en a pas et à en découvrir les règles secrètes, et elle l'applique impitoyablement, même chez ses aînés et supérieurs, qu'elle se trouve face à la Duchesse ou au Chapelier fou. Et quand les arguments s'avèrent inopérants, elle insiste pour, à tout le moins, rendre évidente l'absurdité de la situation. Quand la Reine de cœur exige que la cour rende "la condamnation d'abord… le jugement ensuite", Alice répond très justement : "Mais c'est de la bêtise !" C'est bien la seule réponse que méritent la plupart des absurdités dans notre monde.

Et pourtant, en dépit de sa folie apparente, pareille à celle du Pays des Merveilles, notre monde avance la suggestion fascinante qu'il *possède* un sens et que si nous cherchons bien derrière "la bêtise", nous trouverons quelque chose qui explique tout. Les aventures d'Alice se déroulent avec une précision et une cohérence mystérieuses, de sorte que nous, lecteurs, avons l'impression croissante qu'un sens insaisissable anime tout ce non-sens. Le livre entier a le caractère d'un *koan* zen ou d'un paradoxe grec, de quelque chose de significatif et en même temps inexplicable, à la limite de la révélation. Ce que nous ressentons, lorsque nous tombons après Alice dans le terrier du lapin et la suivons au long de son voyage, c'est que la folie du Pays des Merveilles n'est pas arbitraire, pas plus qu'elle n'est innocente. Moitié épopée, moitié rêve, l'imagination de Lewis Carroll dispose pour nous un espace nécessaire entre la terre ferme et le monde des fées, un point de vue d'où l'on découvre l'univers en termes plus ou moins explicites, traduits, en quelque sorte, sous forme d'histoire. De même que les formules mathématiques qui fascinaient le révérend Dodgson, les aventures d'Alice sont à la fois réalité concrète et sublime invention. Elles existent sur deux plans simultanés : l'un qui nous ancre dans la réalité de chair et de sang, et l'autre sur lequel cette réalité peut être remise en cause et transformée, tel le Chat du Cheshire qui, perché sur sa branche, va et vient entre une présence d'une visibilité déconcertante et le miraculeux (et rassurant) fantôme d'un sourire.

FAUST

Le Dr Faust est vieux, le Dr Faust est nostalgique. Ceci est la conséquence de cela : les aspirations de la jeunesse sont pour les temps à venir, jamais pour le passé. Ce que le docteur cherche, c'est ce qu'il a perdu, ou croit avoir perdu, dans les jours lointains où il était un jeune homme. C'est là ce qu'imagina Christopher Marlowe en 1604 et puis que Goethe poursuivit deux siècles plus tard. Faust voudrait que lui soient accordées les prérogatives du savoir d'un homme âgé en même temps que la jouissance de celles d'un jeune amour : miracle à double tranchant que Wagner, son assistant,

qualifie d'“illumination”. Cette alliance miraculeuse, il l'implore avec les mots que lui a prêtés Goethe : “Instant heureux, ne disparaît pas !” Pour parvenir à une telle illumination de sagesse érotique, la science humaine semble à Faust insuffisante et il a recours à la science occulte. C'est alors que, dans l'histoire, Méphistophélès apparaît.

Méphistophélès (le diable selon Goethe) se définit lui-même comme un raté, quelqu'un qui souhaite faire le mal mais, à son grand regret, fait le bien. Il voudrait être absolument mauvais mais Quelque Chose ou Quelqu'un ne cesse de lui barrer le chemin et ses machinations et stratégies démoniaques ne réalisent pas l'effet désiré. C'est là l'un des traits les plus curieux de Méphistophélès. Nous pensons que le mal doit être presque toujours victorieux et en avançons comme preuve les misères grandes et petites de notre vie quotidienne, ainsi que les horreurs et infamies de nos histoires communes. Mais pour Méphistophélès, qui devrait savoir tout cela, il n'en est pas ainsi. En dépit de toute la souffrance humaine, il semble que le bien triomphe à la fin. Méphistophélès, comme Barbara Cartland, croit que, au mépris de ses efforts, tout finit bien et, assez curieusement, il a raison la plupart du temps. Même si, dans le *Docteur Faust* de Marlowe, les flammes de l'enfer dévorent le docteur avide (qui, lâchement, propose de brûler ses livres s'il est sauvé, comme si ces malheureux étaient coupables de son ambition), la première partie du *Faust* de Goethe se conclut avec le salut de Marguerite, la jeune femme que Faust a séduite, et la seconde avec celui du pécheur lui-même. Ces tentatives ratées de faire le mal sont sans doute responsables de la mauvaise réputation de Méphistophélès. “De héros à général, de général à politicien, de politicien à agent du service secret et, de là, à un être qui guette à travers la fenêtre de la chambre ou de la salle de bains et, de là encore, à un crapaud et finalement à un serpent – tel est le parcours de Satan”, a écrit C. S. Lewis dans sa “Préface” au *Paradis perdu* de Milton.

Mais le docteur est insistant. C'est ce que comprenait Thomas Mann lorsque, sous le pseudonyme d'Adrian Leverkühn, il fit accepter une fois encore par Faust le pacte terrible et inefficace. Au moyen du poète manqué Enoch Soames, Max Beerbohm a suggéré une sarcastique vision britannique de la tragédie. À partir de l'opéra de Gounod, le poète argentin Estanislao del Campo a créé un gaucho qui raconte le drame qu'il vient d'entendre chanter sur scène. En pleines horreurs staliniennes, Mikhail Boulgakov a rêvé une sombre interprétation russe du pacte, *Le Maître et Marguerite*. L'une des versions les plus anciennes est anonyme, c'est une *Histoire du Docteur Faustus* qui a paru imprimée en Allemagne en 1587 ; d'innombrables éditions ont suivi, y compris une version pour théâtre de marionnettes que Goethe vit dans son enfance et qui doit avoir nourri ses cauchemars d'adulte.

Aux siècles passés, lorsque vendre son âme était considéré comme une entreprise dramatique, les choses étaient plus faciles pour Méphistophélès, qu'il en sorte gagnant ou non. De nos jours, où l'âme jouit auprès de nous d'un prestige infiniment moindre et où, jour après jour, nous échangeons les nôtres contre des babioles telles qu'un contrat pour un pipeline ou un siège au Sénat, la tâche de Méphistophélès est, paradoxalement, bien plus difficile. Perdre son âme en échange d'une babiole confère à l'âme la valeur d'une babiole et Méphistophélès (dont l'activité naturelle est l'usure) est avide de ce qui est précieux. Parce que les Faust d'aujourd'hui ne recherchent pas le savoir et l'amour mais le bénéfice financier, une invitation à un *reality show*, leur nom en lumière numérique, Méphistophélès doit déployer dix fois plus d'efforts pour amasser le nombre d'âmes nécessaire pour devenir rentable.

GERTRUDE

Ce garçon a des problèmes, pense-t-elle. Ce n'est plus un adolescent revêche, grincheux, grossier envers ses aînés, "gras et de courte haleine". C'est aujourd'hui un adulte revêche, grincheux, grossier envers ses aînés, "gras et de courte haleine". Étant sa mère, elle ne l'admet pas sans difficulté, mais elle pense que son fils a le cerveau quelque peu fêlé. Enfant, il jouait avec des amis imaginaires ; maintenant il voit des fantômes et rêve de sombres complots et de conspirations étranges. Peut-être que l'ennui de la vie à la cour (au Danemark, pas moins, où pendant six mois de l'année

c'est l'heure d'aller se coucher) l'a amené à inventer des histoires de cape et d'épée. Sans doute s'est-il trop habitué à l'amusant badinage philosophique et à la bière mousseuse et musclée de son université allemande. Il pense trop, voilà son problème. Il devrait sortir davantage, chasser le phoque, nager dans les eaux glaciales d'Elseneur comme tous les autres jeunes gens de son âge, s'intéresser aux filles. Il rend la pauvre Ophélia cinglée à force de oui, de non, d'attendons voir, obligeant le vieux Polonius qui, après tout, a certaines obligations en tant que père, à demander au Prince quelles sont ses intentions. Il n'a l'air heureux (non, moins mélancolique : *heureux* est un terme trop fort) qu'en compagnie d'autres jeunes gens, tels que Horatio et cette bande, et ces deux autres garçons, si soignés et bien élevés, Rosencrantz et Guildenstern, aussi inséparables (dit Hamlet) qu'Achille et Patrocle. Et aussi avec cette troupe d'acteurs vêtus en femmes qui montent leurs petites pièces d'avant-garde dans la salle à manger du palais. Peut-être qu'il est gay. Cela expliquerait son agaçant "être ou ne pas être". Gertrude aimerait qu'il se décide. Grands dieux, il ne serait pas le seul homme gay à la cour d'Elseneur.

Il est toujours difficile d'être mère, mais avec un fils unique qui ne cesse de broyer du noir, il y a des moments où Gertrude aimerait pouvoir prendre de longues, longues vacances dans un endroit chaud et ensoleillé. Pourquoi, se demande-t-elle, se retrouve-t-elle toujours chargée d'hommes tristes et geignards ? Feu son mari se réveillait chaque matin pâle et grognon, et se couchait chaque soir en soupirant profondément, avec "plutôt l'aspect de la tristesse que de la colère", comme le dit prudemment Horatio. Il ne doit pas avoir été très drôle. Et son second mari, Claudius ? Hamlet (partial, évidemment) le traite de crapaud, de chauve-souris, de matou se roulant dans "un lit immonde, dans une étuve d'impureté". En même temps (explique-toi, demande Gertrude), Hamlet imagine ce "mauvais grain gâté" comme une sorte de galant Ménélas prêt à tuer pour l'amour d'Hélène. Claudius, un galant ? Sommes-nous sérieux ?

Et puis il y a Hamlet lui-même.

La question que nul n'ose poser est celle-ci : Gertrude désirait-elle vraiment être mère ? Peut-être est-elle plus proche de Lady Macbeth, prête à arracher son téton aux tendres gencives de son enfant et à lui exploser la cervelle, ou de Médée, frappant sans broncher ses deux enfants afin de blesser son mari, ou de l'héroïne de Sara Jeannette Duncan dans *A Mother in India*, qui croit que l'obligation maternelle est une notion favorisée par les hommes parce que, dit-elle, "les hommes sont très lents à changer leur philosophie concernant les femmes. J'imagine que leur idée de la relation maternelle est la plus fermement fixée de toutes". Torvald, le mari de Nora dans *Une maison de poupée*, d'Ibsen, affirme que "presque tous les délinquants précoces ont eu des mères menteuses". Gertrude serait-elle seule responsable de l'odieux comportement d'Hamlet ?

Qui est Gertrude ?

On n'en sait rien. Assurément fille de rois, épouse de rois, destinée à être mère d'un roi et vraisemblablement (si Hamlet s'y met) grand-mère de rois. Nulle fonction individuelle, auto-satisfaisante pour Gertrude. Son rôle consiste à dépendre d'autrui, à n'exister qu'en position subordonnée. Lorsque Hamlet met en scène la pièce au symbolisme pesant qu'il intitule *La Souricière*, dans le but d'amener Claudius à avouer le meurtre, et que Claudius, effrayé (ou peut-être en a-t-il marre de ce spectacle expérimental), fait arrêter la représentation, nous n'apprenons rien des sentiments de Gertrude, sinon qu'elle s'inquiète pour Claudius.

Mais que doit avoir ressenti Gertrude, non pas à la vue de cette naïve évocation du crime présumé, mais à la découverte de l'image que si manifestement son pauvre fou de fils se fait d'elle ? La vie rêvée d'Hamlet se mêle à l'autre, cette vie quotidienne à laquelle Gertrude est condamnée à jamais. Elle nie la patience dont la reine doit s'armer pour supporter l'ennui des jours et des nuits d'Elseneur, les stratégies qu'elle a dû inventer pour surmonter les injustices dont elle a souffert à cause de son sexe et de son rang, ses moindres petites victoires sur les misères de la vie, jusqu'à la consolation d'un espoir redéfini d'instant en instant. John Locke décrit le moi (ce pourrait être celui de Gertrude) comme une pièce obscure et vide où la réalité ne pénètre que par un trou d'épingle dans le mur. Gertrude n'a même pas droit à ce trou d'épingle.

Elle aimerait que les choses soient différentes, être exemptée de ses obligations, que les règles du jeu soient autres. Quand les morts dont Hamlet est responsable commencent à s'accumuler ("Un malheur marche sur les talons d'un autre", c'est ainsi qu'elle résume la situation), Gertrude, lasse d'autant d'innocents exécutés et d'exécuteurs ambigus, commence à ressentir quelque chose comme de l'envie. C'est pourquoi, au dernier moment, quand Claudius la supplie de ne pas boire dans la coupe qu'il sait empoisonnée, elle insiste : "Je boirai, monseigneur ; excusez-moi, je vous prie." Cet "excusez-moi" est l'une des répliques les plus émouvantes de la pièce, une prière que, malheureusement, dans le chaos de l'écroulement des corps et le tintamarre des pompeuses dernières paroles, on discerne à peine. C'est plus tard seulement, lorsque tout est fini, que flotte dans l'air rance un écho vague, mystérieux et persistant de son adieu ironique. Parce que dans le fantomatique château d'Elseneur, le fantôme de Gertrude est le seul incontestablement vrai.

SUPERMAN

J'ai fait la connaissance de Superman en 1960, quand j'avais seize ans. Ma *nanny* m'avait emmené à Baltimore pour six mois de vacances. J'ai découvert là de nombreuses merveilles : les sandwichs au saucisson, les sacs en papier brun à fond carré qui se prêtaient admirablement à la fabrication de masques pour Halloween, les présentoirs de livres de poche érotiquement chargés au drugstore du coin, les *bubble gums* "Bazooka" dans leur enveloppe de carton aux couleurs criardes, l'émission nocturne à la télé intitulée *Boris Karloff Presents* et la Bourse de Baltimore, où le frère de ma *nanny* m'a fait passer une matinée ahurissante. Mais mes

principales sources de ravissement étaient les héros des bandes dessinées américaines : Batman et son cher Robin, la Petite Lulu et le gros Toby, les effroyables savants fous des *Contes de la crypte*, Wonder Woman aux bottes de gaucho et lasso argenté. Et, bien sûr, Superman, l'Homme d'acier, son amoureuse Loïs Lane, son copain Jimmy Olsen et son ennemi juré, Lex Luthor.

En Argentine, nous disposions de versions de la plupart de ces bandes dessinées traduites en espagnol au Mexique et appelées par conséquent *revistas mexicanas*. Parce que leurs héros étaient si ostensiblement étrangers, ils ne faisaient pas vraiment concurrence aux personnages de chez nous, tels que Patorozú, l'*indio* super fort, et El Eternauta, le voyageur qui arrivait à Buenos Aires d'un lointain avenir.

Je me sentais proche de Superman. Non pas, bien sûr, en raison de ses super-pouvoirs mais à cause de sa solitude forcée et de son impression d'être exclu. Lancé dans l'espace par des parents qui voulaient le sauver de la destruction de leur planète, adopté par un couple de fermiers qui instillent en lui les vertus civiques fondamentales, obligé de mener la double vie d'un journaliste timide qui est en secret un héros puissant, Superman avait beaucoup des traits d'un adolescent très peu sûr de lui, sous la coupe d'une passion littéraire dont il se sent vaguement coupable.

Dès nos histoires les plus anciennes, nous avons pris plaisir à imaginer des surhommes de toutes sortes. La force d'Enkidu, le compagnon de Gilgamesh, est telle qu'il est capable de tuer le taureau sauvage d'Ishtar ; Héraclès accomplit douze tâches apparemment impossibles ; Nemrod, l'arrière-petit-fils de Noé, est "un puissant chasseur devant l'Éternel", et il utilise sa force pour construire la tour de Babel afin de combattre les armées du Seigneur dans les cieux ; aveugle, "à Gaza tournant la meule avec des esclaves", selon Milton, Samson se voit rendre la sienne par la volonté divine de sorte qu'il peut abattre les colonnes du temple de Dagon et tuer à la fois lui-même et ses ravisseurs, en l'un des plus anciens attentats suicides répertoriés ; de Paul Bunyan, le bûcheron géant qui parcourait le Midwest américain accompagné de Babe, son bœuf bleu apprivoisé, on disait qu'il mesurait plus de deux mètres dix et que l'envergure de son pas dépassait trois mètres.

Dans les premières années du XXe siècle, George Bernard Shaw a imaginé une version du surhomme dans sa pièce sur Don Juan. "Nous devons soit cultiver la compétence politique, écrit-il dans sa préface, soit nous retrouver ruinés par la Démocratie, qui nous a été imposée de force par l'échec des alternatives antérieures. Pourtant si le Despotisme n'a échoué que faute d'un despote bienveillant et compétent, quelle chance a la Démocratie, qui requiert une population entière d'électeurs compétents ?" Ami et adversaire de Shaw, G. K. Chesterton avait eu l'intuition d'une vérité plus profonde chez le Surhomme : venu rencontrer la créature merveilleuse, Chesterton demande aux parents du Surhomme s'il est beau. "Il crée ses propres critères, répondent les parents. – À ce niveau, il est plus beau qu'Apollon. Vu de notre niveau inférieur, évidemment… – A-t-il des cheveux ? demande Chesterton. – Tout est différent à ce niveau, répondent-ils.

Ce qu'il a n'est pas… eh bien, ce n'est pas, bien sûr, ce que nous appelons des cheveux. Mais… – Alors que diable est-ce, demande Chesterton non sans irritation, si ce ne sont pas des cheveux ? Des plumes ? – Pas des plumes, au sens que nous donnons à plumes." Incapable de maîtriser sa curiosité, Chesterton se rue dans la chambre où est logée l'indescriptible créature. De l'obscurité jaillit un petit jappement triste. "Et voilà ! s'écrient les parents. Vous avez laissé un courant d'air l'atteindre ; et il est mort."

Chesterton voyait son Surhomme comme un être chétif et souffrant. D'autres surhommes aussi ont leurs points faibles qui, aux yeux de leurs admirateurs, rendent d'une manière ou d'une autre leurs super-pouvoirs plus admirables encore. Sous peine de perdre leur force, Samson ne doit pas se couper les cheveux, Achille doit protéger son célèbre talon, Héraclès doit se débarrasser de la tunique empoisonnée de Nessus. Superman est sensible à la kryptonite, le minéral éjecté de sa planète lors de son explosion La kryptonite a sur notre héros des effets divers et effrayants, en fonction de sa couleur : verte, rouge ou dorée. La pire est la kryptonite verte, qui l'affaiblit et le réduit à une sorte d'état de déficience immunitaire.

Nietzsche a fait chanter par son Zarathoustra les vertus du *Superman* (maladroite traduction anglaise de l'allemand *Übermensch*) comme celles d'un être puissant parce qu'il cherche les vertus humaines sur terre et non dans un quelconque espoir de vie ultérieure. Pour Nietzsche, le surhomme est tout sauf l'humanitaire idéaliste, libéral et en quête de justice des *DC Comics* du XXe siècle. Au contraire, le surhomme de Nietzsche nie les concepts d'hommes "modernes", de "braves gens", de "chrétiens et autres nihilistes", et embrasse ceux d'un individu mâle et tout-puissant. Parce que, pour Nietzsche, il n'existe pas de superfemme : pour lui, le rôle des femmes se borne à donner naissance aux surhommes. "Quand je soufflais à quelqu'un", écrit Nietzsche dans *Ecce Homo*, "de chercher chez les Borgia plutôt que chez les Parsifal, il n'en croyait pas ses oreilles." Le surhomme de Nietzsche est plus proche de Lex Luthor que de l'Homme d'acier.

À l'université de Harvard, des lecteurs soucieux de vérification des faits ont recherché (et trouvé) quantité d'impossibilités parmi les admirables capacités surhumaines attribuées au héros par ses créateurs, Jerry Siegel et Joe Shuster, depuis son apparition dans le premier numéro d'*Action Comics* le 18 avril 1938. Par exemple, la vision radioscopique de Superman. Même s'il possédait réellement la capacité de provoquer une réaction chimique capable de lancer des rayons X à partir de ses yeux, disent ces inquisiteurs, ces rayons devraient encore rebondir sur une surface appropriée pour pouvoir revenir aux photorécepteurs de Superman et lui permettre de voir l'image saisie, sans parler du risque de cancer dont une double exposition aux rayons X serait cause chez toute créature vivante inspectée par l'Homme d'acier.

L'invulnérabilité de Superman n'a pas davantage été prise au sérieux. Afin de le protéger tant des frondes et des flèches que des armes atomiques, Siegel et Shuster l'ont doté d'une sorte de très mince aura qui l'entoure à tout moment, de sorte que même si sa cape peut sortir en lambeaux de l'une de ses nombreuses aventures passionnées, jamais son vêtement ne se déchire, exposant nu son corps sexy. Les mêmes inquisiteurs ont suggéré que cette aura est un fluide non newtonien – c'est-à-dire un fluide qui, telle la crème anglaise, n'obéit pas à la loi de Newton relative à la viscosité et peut se transformer si on l'y force, devenant soit plus liquide, soit plus solide. Afin de démontrer ou d'infirmer cette théorie, les enquêteurs ont fait appel à des volontaires prêts à lécher l'Homme d'acier pour savoir s'il est sucré.

Dans un épisode de la série télévisée *The Big Bang Theory*, Sheldon, un homme à l'esprit scientifique, conteste la capacité de Superman de rattraper en plein vol des corps qui tombent. "Loïs Lane tombe, expose-t-il, accélérant à une allure initiale de 9,75 mètres par seconde. Superman vole à son secours en tendant devant lui deux bras d'acier. Miss Lane, qui se déplace maintenant à environ 193 kilomètres à l'heure, les heurte et est immédiatement tranchée en trois parties égales." Et d'ajouter : "S'il l'aimait vraiment, il la laisserait heurter le trottoir. Ce serait une mort moins cruelle."

En dépit des apparentes impossibilités inhérentes à sa nature, en dépit de la concurrence croissante d'autres héros et héroïnes plus jeunes, en dépit d'un monde en plein changement dans lequel les méchants n'ont plus recours à d'astucieux déguisements pour vaquer à leurs néfastes entreprises, l'attraction qu'exerce Superman n'a pas diminué.

Il y a quelques années, la poétesse Dorianne Laux a écrit une élégie décrivant Superman en train de mourir de ce qui est probablement un cancer dû à la kryptonite :

C'est en 2010 et les médecins lui ont donné
encore un an à Métropolis. Encore un an
au Paradis quand il est high, *encore un an*
en enfer quand il ne l'est pas.
Un magazine tombe de ses genoux. Loïs
sur la couverture de Fortune, *les planètes*
alignées derrière elle, la lumière des étoiles rejaillissant
de sa chevelure d'acier relevée.

DON JUAN

Systématiser le plaisir, le soumettre à une routine de conquêtes, transformer le nom de l'aimée en un nom coché sur une liste de choses à faire, c'est une manière assez efficace de se prémunir contre la passion amoureuse. Don Juan est moins un amoureux qu'un séducteur, moins un séducteur qu'un collectionneur, moins un collectionneur qu'un tireur d'élite. D'autres personnages donjuanesques semblent avoir dans leurs campagnes érotiques une intention claire – souvent mauvaise, comme c'est le cas pour l'odieux Valmont des *Liaisons dangereuses* et les ténébreux protagonistes des fables de Sade.

Pas chez Don Juan : pour lui, c'est le parfait *acte gratuit**. Nous ne sommes même pas certains que cet amant célèbre ait jamais atteint le plaisir physique. Il semble se satisfaire d'ajouter un nom de plus à son catalogue de conquêtes sans nous dire si cet acte lui a valu plus qu'une victoire statistique. "Mais… ah ! je m'épuise en vain à porter des coups dans le vent", dit-il, faisant écho à l'antique plainte d'Onan, dans la pièce écrite au XVIIe siècle par Tirso de Molina. Son obsession est comptable, pas érotique ; c'est de Mercure qu'il relève, pas de Cupidon. Il veut amasser des femmes comme d'autres amassent des actions. Molière dit que pour Don Juan, "tout le plaisir de l'amour est dans le changement". Dans son cabinet de curiosités, des noms de dames remplacent la défense de licorne et le bézoard.

Ce n'est même pas la femme essentielle qu'il désire : ni son âme, ni sa personnalité, ni son identité secrète. Il ne veut que son personnage public, son statut social, ses caractères typologiques. Dans la version de Tirso, la liste de ses victimes comprend l'aristocratique Isabella, la pêcheuse Tisbée, la noble Donna Anna, la rustique Aminta. Le catalogue que récite Leporello, serviteur du héros dans le *Don Giovanni* de Mozart et Da Ponte, est plus long encore. Au XIXe siècle, José Zorilla, dans son *Don Juan Tenorio*, rend ces stratégies explicites :

> Je suis allé dans les chaumières,
> Dans les palais je fus reçu,
> Et sans plus épargner les cloîtres :
> Dans tous les endroits j'ai laissé
> De moi un souvenir amer.

Ces mots-là ne seraient pas déplacés dans la bouche des conquistadors espagnols pillant les royaumes du Nouveau Monde…

Mais tout n'est pas que listes dans l'histoire de Don Juan. Nous avons l'impression qu'en dépit de sa jactance, ses visées vont plus loin que le désir banal de collectionner par tous les moyens disponibles le plus grand nombre possible de spécimens féminins. "Il est doux de gagner, peu importe comment, ses lauriers", déclare Don Juan dans le poème de Byron. Et pourtant, une autre obsession, plus sombre et plus troublante, semble animer notre héros. Peut-être parce que sa réputation est celle d'un séducteur, d'un chasseur méticuleux, nous oublions que Don Juan s'aventure aussi dans le royaume des morts, en homme capable de converser avec les fantômes, à l'instar d'Ulysse, d'Énée et de Dante avant lui.

Même en plein cœur de ses intrigues, Don Juan sait que, tout bien considéré, aucune de ses entreprises n'aura une fin heureuse. Convaincu, comme Mallarmé, que "la chair est triste" (même s'il pourrait n'avoir pas lu tous les livres), Don Juan comprend que chaque conquête amoureuse doit se résoudre en un même état de malheur, et il cherche donc une solution avec la seule amante qui ne peut être infidèle. N'oublions pas que la langue maternelle de Don Juan est l'espagnol, et qu'en espagnol (de même qu'en français et en italien, et contrairement à l'anglais et l'allemand), la Mort est féminine. C'est pourquoi Don Juan convoque le fantôme du Commandeur à un dernier souper, sachant sans le moindre doute qu'elle sera là aussi et que lui, en authentique gentilhomme, offrira de la raccompagner chez elle.

LILITH

Selon une légende juive du haut Moyen Âge, avant de façonner Ève à partir d'une côte d'Adam, Dieu créa une première femme pour tenir compagnie à Adam durant les longues heures dans le Jardin. À cette précurseure d'Ève, Dieu donna le nom de Lilith.

Ce qui plaît le plus à Lilith, c'est de comprendre qu'elle est indispensable. Si vous voulez la création, vous ne pouvez pas vous passer d'elle. Elle est l'oreille qui permet à la bouche de parler, les yeux qui reflètent la vision, l'ombre qui prouve l'existence

du soleil, le second rôle qui donne au premier sa signification. Elle n'ignore pas que toute naissance implique une fin, que toute assertion appelle un questionnement, tout accord exige rupture. Dès l'instant même de la création, définition est séparation et, par conséquent, elle demande à sa moitié perdue : “Qui suis-je ?” À cette question, Lilith est prête à répondre, non pas en s'excusant avec douceur, ni en se rabaissant avec une morgue blessante. Quand Lilith nous dira qui elle est, sa réponse ne sera ni un masque onomastique, ni un pompeux “je suis ce que je suis”.

Ainsi que tout le reste, Lilith a d'abord existé dans les profondeurs du vide obscur de la terre et de la mer. Alors l'Esprit a plané sur les eaux et Lilith a su que son temps était venu. Les ténèbres ont, pour se révéler, envoyé la lumière, la terre informe a fait naître des créatures vivantes afin de découvrir la forme qui lui était destinée, le Dieu unique a créé une image de lui-même et l'a tenue dans sa main pour l'inspecter. Tout le reste fut façonné par la parole de Dieu ; seule son image (que Dieu nomma Adam) fut l'œuvre de sa main. Alors, parce que Dieu aime la symétrie, il ramassa une poignée de poussière pour en fabriquer une compagne pour Adam. C'est ainsi que Lilith vint au monde. La poussière s'envole au vent et prend des formes nouvelles, elle ne demeure jamais longtemps en un seul endroit : la nature de Lilith était donc changeante, et elle prenait plaisir à s'essayer des visages et des corps innombrables. Il n'y a jamais eu une Lilith unique. C'est une évidence.

Parce que créé à l'image de Dieu, Adam était aussi une image de la permanence du monde, puisque

Dieu, par définition, est immuable. Les cheveux sur la tête de Dieu sont comme une forêt, ses larmes comme une rivière, sa bouche est comme un océan. Chaque partie de son corps est aussi une image du monde. Le globe de son œil a la forme de la Terre, le blanc de son œil est comme l'océan qui encercle la terre. Jérusalem est la pupille et le Temple le reflet dans la pupille. C'est là ce qu'Adam croyait, en dépit des mises en garde de Lilith. "Tout cela est bien plus qu'un jeu de miroirs mouvants", lui disait-elle. Mais Adam refusait de l'écouter ou de demander pourquoi. Ainsi que le savait Lilith, toute chose a un but : le vent travaille pour Dieu, le feu pour les anges et l'eau pour les démons. La terre nourrit les animaux, et les animaux obéissent à l'homme. "Et tous servent Lilith", concluait celle-ci, mais tout bas. "Y compris Adam."

Du séjour de Lilith avec Adam, il y a peu à ajouter à l'histoire racontée dans le Midrash. Dieu a créé un jardin spécialement à leur intention, avec quatre rivières magiques et de nombreux arbres chargés de fruits, et de merveilleux animaux de toutes espèces. Quelques lois régissaient le jardin, telles que : ne pas s'aventurer dans l'eau des rivières ni massacrer les animaux et, surtout, ne pas manger le fruit de l'Arbre de Vie, qui se dressait juste au centre du jardin. Pendant quelque temps, Lilith tenta, à force de cajoleries, d'entraîner Adam dans des actions aventureuses, des entreprises audacieuses, de nouvelles formes de pensée. Adam refusait, en partie parce qu'il aimait l'immuabilité et en partie parce que ça le rebutait qu'on lui dise ce qu'il devait faire. Ce qu'il aimait par-dessus tout, c'était se tenir au milieu des créatures fraîchement inventées et leur donner des noms. Il nomma le cheval “cheval” et le chien “chien”, et “tahash”, l’animal multicolore dont la peau servait à revêtir le Tabernacle, et “fils de la mer” les dauphins qui ont des rapports sexuels avec les humains. Lilith prenait la forme de ces créatures et s’efforçait de montrer à Adam ce qu’elles étaient vraiment, mais Adam ne faisait pas attention à elle et préférait se fier à la vérité des lettres de l’alphabet, qui révèlent l’essence véritable de ce qu’elles nomment. “L’alphabet était là avant le commencement du monde”, lui disait-il, avant de se détourner.

À force de prendre les formes des êtres créés par Dieu, Lilith se lia d’amitié avec bon nombre des animaux avec qui elle bavardait pendant des heures, puisqu’en ce temps-là toutes les créatures parlaient la même langue. Il y en avait qu’elle aimait pour leur intelligence naturelle et leur courage, et elle caracolait parmi eux sous l’apparence d’une panthère ou d’un taureau à longues cornes, et d’autres qu’elle méprisait pour leur bêtise ou leur docilité. On raconte que, plus tard, ce fut elle qui abattit les bœufs et les ânes de Job.

Le préféré de Lilith était le serpent, dont les propriétés, ainsi en avait décidé Dieu, ressemblaient le plus à celles d’Adam. Comme Adam, le serpent se tenait debout sur deux pieds, aussi grand qu’un chameau ; comme Adam, il avait de belles qualités intellectuelles et la capacité de réfléchir à des problèmes ; comme Adam, il était doué pour l’art créatif ; il fabriquait de merveilleux objets d’or et d’argent, et connaissait les secrets des gemmes et des perles. Quand Lilith prenait la forme du serpent, ils passaient ensemble de longues heures, en grande conversation, ou bien occupés à confectionner des joyaux raffinés que Lilith offrait alors à Dieu quand il se promenait dans le jardin à la fraîche. Dieu les trouvait beaux et les agréait.

Les conversations de Lilith et du serpent étaient fréquentes et Adam commença à se sentir exclu. "Je ne t'ai pas donné la permission de passer l'après-midi en compagnie du serpent", disait-il à Lilith. Ou : "J'attends de toi que tu restes à mes côtés, au cas où j'aurais besoin de tes services." Mais Lilith ne tenait pas compte de ses ordres et Adam s'en plaignit à Dieu. "Elle est têtue, désobéissante, elle refuse de se tenir tranquille. C'est une cloche qui jamais ne se tait. Je crains qu'elle ne puisse même ignorer tes interdictions, et je ne veux pas être tenu pour responsable de ce qui arriverait alors."

En dépit des récriminations d'Adam, Lilith et le serpent continuaient à converser. "Sais-tu pourquoi Dieu veut que tu obéisses à Adam ? demanda le serpent à Lilith, et pourquoi il lui interdit de manger le fruit de l'Arbre ? Les artisans d'une même guilde se détestent entre eux (ceci allait être écrit plus tard dans le Talmud) et lui seul veut avoir le pouvoir de créer et de détruire."

Lilith resta avec Adam aussi longtemps qu'elle put le supporter, et puis elle disparut. Pendant quelque temps, Adam la confondit avec le serpent, dont elle avait si souvent affecté la forme, et quand il le voyait enroulé dans les branches d'un arbre, ses longues jambes bien rangées sous son long corps, il pensait : "Laissons-la faire, elle se fatiguera bientôt de son jeu et elle redeviendra femme."

Finalement, la vérité apparut. Furieux de l'insolence de sa créature, Dieu dépêcha trois anges à sa recherche. Ils la trouvèrent dans la mer Rouge, où elle avait donné le jour à une nichée de démons, nés peut-être de sa liaison avec le serpent (le Midrash a des doutes à ce sujet, mais nous dit prudemment que nul ne doit boire de ses eaux). Avec fermeté, les anges dirent à Lilith que si elle ne revenait pas avec eux pour rejoindre Adam, cent de ses enfants démons seraient tués chaque jour. Lilith répliqua qu'elle préférait ce châtiment plutôt que de retourner auprès d'Adam et être son esclave.

À présent Lilith se venge en faisant du mal aux bébés mâles pendant la première nuit de leur vie, et aux filles jusqu'à leur vingtième jour. Les pouvoirs de Lilith sont à leur maximum lorsque la lune est rousse. La seule façon de l'empêcher de nuire consiste à nouer autour du poignet de l'enfant une amulette portant les noms des trois anges chargés de la ramener. Cela aussi se trouve dans le Midrash.

LE JUIF ERRANT

Durant son pénible cheminement sur la Via dolorosa, la croix de bois et les fouets sanglants des gardes romains sur les épaules, sous les moqueries et les quolibets de la foule, Jésus eut soif et s'arrêta près d'une fontaine pour y boire un peu d'eau. Un vieux juif le repoussa en lui disant de reprendre sa marche. "Je marcherai, lui répondit Jésus, mais tu attendras mon retour." Et il reprit son chemin vers le mont Golgotha. Ainsi naquit la légende médiévale du Juif errant. Son grand péché, c'est d'avoir offensé le Fils de Dieu ; son châtiment, d'errer jusqu'à la fin des temps parce que, pour que s'accomplisse la Parole

de Dieu, Jésus ne reviendra pas avant le jour du Jugement dernier.

Dans l'Évangile selon saint Jean (XVIII, 20-22), il est dit que lorsque les soldats romains vinrent arrêter Jésus, l'un d'eux le gifla. Peut-être cette scène a-t-elle inspiré l'histoire qui, bien entendu, n'a nulle autorité biblique. En tout cas, il a fallu à la légende presque douze cents années pour se développer pleinement et durant ce temps, le juif anonyme reçut quantité de noms différents. Certains sont mystérieux, tels que Cartaphilus et Ahasverus ; d'autres explicites, comme Buttadeus ("pousse-Dieu" en portugais) et Juan-Espera-en-Dios ("Jean-Qui-Attend-Dieu" en espagnol). Au XVIIe siècle, le jésuite Baltasar Gracián tenta d'être plus explicite encore et l'appela Juan-de-Para-Siempre, "Jean-pour-Tous-les-Temps".

Dès le XIIIe siècle, on vit apparaître une poignée de témoins pour confirmer l'histoire. Un chroniqueur bolognais du XIIIe siècle relata qu'en 1223, l'empereur Frédéric II entendit des bouches de deux pèlerins qu'ils avaient rencontré en Arménie un juif qui était celui-là même que Jésus avait condamné à voyager durant toute l'éternité. L'historien anglais Roger de Wendover, dans une chronique écrite en 1228, affirme que ce même juif, interrogé par l'archevêque d'Arménie, avoua qu'en un passé lointain il avait été au service de Ponce Pilate. Quelques décennies plus tard, Matthew Paris, dans sa *Chronica Major*, raconte la même histoire et ajoute que le juif s'était désormais repenti et disait qu'il avait mis sa confiance en la divine miséricorde. Le 9 juin 1564, l'auteur anonyme d'une *Brève description et analyse du juif Ahasvérus* jurait qu'il avait vu le juif errant à Schleswig. Il le décrivait comme un homme de haute taille, aux cheveux longs et plantes des pieds aux cals épais de cinq centimètres, qui parlait couramment l'espagnol parce qu'il avait vécu un certain temps à Madrid. Certaines de ces chroniques prêtent au juif une épouse et plusieurs enfants qui l'accompagnent dans ses voyages.

Plus près de nous, l'histoire a été encore développée par de nombreux écrivains différents, dont les mieux connus sont Eugène Sue (qui associe le juif à des conspirations jésuites), Pär Lagerkvist (qui voit en lui un prophète méconnu), Mark Twain (pour qui le juif n'est qu'un banal touriste de plus) et Jorge Luis Borges (qui entrelace l'histoire du juif avec celle d'un Homère immortel). James Joyce lui a donné le nom de Léopold Bloom et l'a forcé à errer dans la ville de Dublin pendant une journée entière qui devient éternelle. L'équipe éditoriale que constituaient Carlo Fruttero et Franco Lucentini le concevait comme un homme d'âge mûr, guide touristique à Venise, certes une ville éternelle s'il en fut jamais.

Laissant de côté l'évident antisémitisme de la légende, la notion du voyage comme châtiment est une notion curieuse, même si elle apparaît dans d'autres histoires. Dans celle du *Hollandais volant*, par exemple, on suppose que le capitaine maudit du vaisseau errant est en ligue avec le diable. Pour Sir Walter Scott, *Le Hollandais volant* était un vaisseau pirate "chargé d'abondantes richesses, à bord duquel avait été commis quelque acte horrible de meurtre et de piraterie". Robert Louis Stevenson, dans sa bienheureuse ignorance de l'hystérie des aéroports et des règles de sécurité d'aujourd'hui, soutenait que "voyager avec espoir est chose meilleure que d'arriver" et n'aurait pu accepter l'idée que les pérégrinations tant du Hollandais volant que du Juif errant fussent des châtiments. Parcourir le monde, voir des paysages exotiques, découvrir d'autres peuples et coutumes sont des activités qui, outre le charme de leur caractère aventureux, ont toujours été recommandées comme la meilleure éducation possible, aussi bien pour les amateurs de coûteuses croisières océaniques que pour les utilisateurs téméraires et près de leurs sous d'Airbnb.

Il y a néanmoins à cette notion stevensonnienne du voyage un côté plus sombre, peut-être celui qu'imaginait Jésus lorsqu'il décida de punir son agresseur. Dans cette version, la raison d'être de la malédiction est qu'elle ne force pas le Juif à voyager, mais à fuir. Le Juif doit partir de chez lui à cause d'un pogrom, parce qu'il a faim, parce qu'il est sans travail. Il doit échapper à la menace des camps de concentration, aux goulags, aux mercenaires, aux sociétés pétrolières multinationales, aux brigades de déforestation, aux sécheresses et aux inondations, aux dictatures militaires ou religieuses. Il doit franchir de vastes déserts et de hautes montagnes, il doit se risquer sur la mer avec la croix du Christ sur les épaules, sous les coups de fouet de la police et les quolibets de la foule. Il doit s'efforcer d'imaginer qu'il trouvera de l'autre côté des gens généreux qui l'accueilleront bien, lui permettront de mener une vie décente, libéré d'une faute qui ne fut jamais vraiment la sienne. Dans un centre pour réfugiés du Nord de la France ou de l'Italie du Sud, ou dans les caravanes désespérées qui fuient la violence de l'Amérique centrale ou de la Syrie, il doit attendre l'arrivée du sauveur promis en même temps que, dans le lointain, il tente de discerner les trompettes tant attendues du Jugement dernier.

LA BELLE AU BOIS DORMANT

C'est une histoire de temps que son histoire : temps perdu, temps en retard, temps d'attente, de rêve, d'inexpérience. Cela démarre mal. À sa naissance, la Belle au bois dormant est bénie par toutes les fées, sauf une que le roi a oublié d'inviter et qui en conséquence jette à l'enfant un sort en vertu duquel elle mourra de la piqûre d'un fuseau empoisonné. Ni les décrets royaux ni la magie des bonnes fées ne pourront dissiper le pouvoir de la rancune : interdire tous fuseaux et transformer le sommeil de la mort

en un rêve sans fin ne modifieront pas l'affreuse malédiction. Tandis que les adultes recherchent des solutions inefficaces, l'enfant devient femme, touche un fuseau et sombre dans un sommeil profond. À l'instant même, tout le château s'endort, dans l'attente du baiser du véritable amour qui, un jour (espèrent-ils), les réveillera tous. Autour de la princesse endormie, le temps s'arrête.

Plusieurs écrivains ont copié la méthode de la Belle avec une intention narrative comparable : préserver le monde tel qu'il était jadis, figé mais encore vivant, dans un château poussiéreux ou un Pompéi enseveli. C'est ce qui se passe dans l'histoire de Rip Van Winkle racontée par Washington Irving, dans le monastère de Shangri-la décrit par James Hilton dans *Horizon perdu*, dans *Le Parjure de la neige* d'Adolfo Bioy Casares, dans le *Ring* de Wagner, quand Wotan endort Brünnhilde, dans *À l'hôtel Bertram*, d'Agatha Christie. La Roumanie sous Nicolae Ceauşescu, l'Espagne dans les années 1960 et, aujourd'hui, les États du Tea Party ont peut-être inconsciemment trouvé une inspiration dans ces exemples littéraires dans lesquels le sommeil se distingue à peine de la mort.

Le sommeil de la Belle : est-ce lui qui fait son charme aux yeux du prince ? La voir gisante, immobile et silencieuse, les yeux fermés, incapable de résister comme de réagir ? Le jeune Pablo Neruda, dans l'un de ses vingt poèmes d'amour, a exprimé en vers simples ce vieux fantasme masculin :

> Tu me plais quand tu te tais car tu es comme absente,
> Et tu m'entends de loin, et ma voix point ne te touche.

On dirait que tes yeux se seraient envolés
Et on dirait qu'un baiser t'aurait scellé la bouche.

Edgar Allan Poe ne mâchait pas ses mots. Dans *La Philosophie de la composition*, il a écrit qu'une belle femme morte était "incontestablement le thème le plus poétique au monde". On ne peut faire plus silencieux.

La mort et le sommeil se sont confondus depuis les premiers temps de la littérature. Voici plus de quarante siècles, dans l'épopée de Gilgamesh, le poète appelait le sommeil frère de la mort, et cette notion terrible ou consolatrice a conservé depuis son sombre prestige. Dans le sommeil de la mort le temps s'arrête, ainsi qu'il est d'usage au Paradis, nous dit saint Anselme ; dans le sommeil des nuits terrestres, le temps continue de s'écouler, mais les rêveurs sont condamnés à attendre le moment prévu pour leur réveil. Dans ses *Siete partidas*, Alphonse le Sage raconte l'histoire d'un moine qui souhaitait savoir comment était le temps au Paradis. Un matin, il entendit un oiseau chanter sous sa fenêtre. Il sortit dans le jardin pour mieux entendre son chant, et une voix lui murmura à l'oreille : "Ceci n'est qu'une seconde du temps céleste." Comblé de joie, il revint dans sa cellule et s'aperçut que les moines, ses frères, étaient morts depuis longtemps et que, dans le bref instant qu'avait duré le chant de l'oiseau, trois cents siècles avaient passé. Au paradis (disent les théologiens), le temps n'a pas de durée parce que chaque instant offre tout ce que l'on peut désirer. En enfer, toutefois, le temps dure éternellement parce que rien ne s'y passe jamais : sans espoir, rien ne peut avoir lieu qu'une vaine attente. Carl Gustav Jung se rappelait qu'un de ses oncles, l'arrêtant un jour dans la rue, lui avait demandé : "Sais-tu comment Dieu tourmente les pécheurs ?" Jung avait secoué la tête. "Il les fait attendre", avait répondu l'oncle, avant de reprendre son chemin.

Le sommeil de la Belle : est-ce au paradis ou en enfer qu'il se passe ? Dans son château, le temps ne s'écoule pas, ce qui nous donne à opter pour la première hypothèse ; son sommeil, néanmoins, est une attente infinie, ce qui suggère la seconde. Si c'est au paradis, son réveil n'aura jamais lieu puisque, là, ce réveil impliquerait l'interruption d'un présent constant, d'un bienheureux statu quo dans lequel la princesse continue d'être belle, infiniment innocente, infiniment désirée par des princes vêtus de bleu. Mais si c'est un sommeil infernal, alors la Belle reste assoupie jusqu'au moment même où prend fin son innocence, car si un prince devait arriver et l'éveiller, il la condamnerait à subir le joug du Temps qui l'obligerait à remonter en un seul instant le cours des années passées dans le monde extérieur. La Belle se réveillerait mais soudain sa peau se riderait, sa vue baisserait, ses dents blanches comme des perles tomberaient, ses cheveux d'or deviendraient gris et son prince terrifié aurait l'âge d'un éventuel petit-fils, voire d'un arrière-petit-fils. Dans ce cas, il n'y a pas non plus de dénouement heureux.

Telle était sans doute la véritable malédiction de la fée oubliée par le roi : ne pas vieillir avec grâce, ne pas progresser pas à pas en savoir et en expérience, ne pas savourer l'horlogerie des saisons. Être condamnée (si elle veut être la femme que le prince a vue endormie) à la chirurgie esthétique, au Botox, aux implants mammaires, aux injections de sérum de glande de singe.

Elle dispose toutefois d'une autre option. Elle peut rejeter la malédiction, rejeter les bénédictions, rejeter les courtisans endormis, rejeter l'infraction à l'étiquette commise par ses parents, rejeter le prince fidèle. Et, à l'instar de la Nora d'Ibsen et de l'Andrea de Carmen Laforet (deux des enfants tardifs de la Belle), elle peut claquer la porte du Palais enchanté et affronter le monde, les yeux grands ouverts.

PHOEBÉ

Des quatre enfants Caulfield dans *L'Attrape-cœurs*, Phoebé est la plus jeune. Elle est la plus intelligente, la plus capable d'empathie, la moins égoïste, la plus intuitive. Allie, le frère qui la précède, ne s'est jamais fâché contre personne et est mort très jeune d'une leucémie. Holden vient ensuite et l'aîné, D. B., est parti pour Hollywood où il roule en Jaguar et (selon Holden) prostitue son talent d'écrivain. Les Caulfield sont une famille littéraire : avant de se vendre à Hollywood, D. B. a publié un "formidable" recueil de nouvelles intitulé *La Vie cachée d'un poisson rouge*.

Allie écrivait des poèmes à l'encre verte sur les doigts et la poche de son gant de base-ball, "pour avoir quelque chose à lire quand il était sur le terrain et qu'il attendait que ça redémarre". Holden lui-même est un lecteur et cherche dans les livres qu'il aime la logique absente en ce monde. La liste de ses auteurs préférés est impressionnante : elle comprend Dickens, Isak Dinesen, Ring Lardner, Somerset Maugham (non sans quelques réserves), Thomas Hardy, Shakespeare, Rupert Brooke, Emily Dickinson, F. Scott Fitzgerald et Hemingway. Et Phoebé écrit des livres dont la protagoniste est une jeune détective du nom de Hazle *(sic)* Weatherfield. Il est notoire que Phoebé n'achève jamais ces livres.

Phoebé, selon Holden, est "très émotive" pour son âge. Mais "vous l'aimeriez", nous assure-t-il. "Cette môme, si on lui dit des trucs, elle sait toujours exactement de quoi on parle. Je veux dire, vous pouvez l'emmener n'importe où. Par exemple, si vous l'emmenez voir un film dégueulasse, elle saura que le film est dégueulasse. Si vous l'emmenez voir un film plutôt bon, elle saura que le film est plutôt bon."

Phoebé a les cheveux roux, comme l'étaient ceux de leur frère Allie, et les porte très courts en été, calés derrière ses jolies oreilles. "L'hiver ils sont plutôt longs, explique Holden. Quelquefois ma mère lui fait des nattes mais pas toujours. En tout cas ça lui va bien. Phoebé n'a que dix ans. Elle est un peu maigrichonne comme moi, mais joliment maigrichonne." Nous ignorons si Holden a rencontré ce passage dans le Cantique des cantiques : "Nous avons une petite sœur, et elle n'a pas encore de seins : que ferons-nous pour notre sœur le jour où on la recherchera ?" Je ne crois pas que Holden pense aussi loin.

Quand D. B. est à Hollywood, Phoebé la maigrichonne occupe sa chambre, avec son lit immense et son immense bureau, pour "s'étaler". Elle conserve les fragments du disque que Holden a acheté pour elle (et puis malencontreusement laissé tomber) parce qu'elle aime mettre le monde en ordre et se désole de l'incapacité de Holden à en faire autant. Elle est économe : elle peut aider Holden matériellement en lui donnant l'argent qu'elle a épargné pour Noël : "huit dollars et quatre-vingt-cinq cents. Non, *soixante*-cinq cents. J'en ai dépensé un peu", explique-t-elle.

Et, surtout, Phoebé peut mettre le doigt exactement à la racine de l'angoisse existentielle de Holden. "Tu aimes jamais rien de ce qui se passe", lui dit-elle parce que, comme elle le voit très justement, Holden semble incapable de prendre plaisir à quoi que ce soit. Dante aurait placé Holden dans le cercle des coléreux qui sont "tristes dans l'air doux que le soleil réjouit". Phoebé, elle, apprécie le monde et ses défis, elle est courageuse et prête à tout, si bien que lorsque Holden lui annonce qu'il va partir vers l'ouest, elle fait son bagage et veut partir avec lui. Sans qu'il s'en rende compte ni le comprenne, elle met ses yeux à son service, guettant les dangers sur la route qui l'attend. Vaillamment, elle veut être à ses côtés quand il les rencontrera.

Vers le milieu du ve siècle avant notre ère, Euripide a écrit à propos d'Antigone une pièce dont quelques fragments seulement nous sont parvenus. Antigone, dont la main aimante a lavé le corps de son frère Polynice et versé le vin rituel, a décidé que sa dépouille serait inhumée selon les règles, contrairement aux ordres du roi. "Mais je l'ensevelirai, dit-elle dans l'un des passages survivants, et si je dois mourir, je dirai que ce crime est saint : je reposerai auprès de lui dans la mort, et je lui serai aussi chère qu'il l'est pour moi." Holden tente d'imaginer ce que ressentirait Phoebé s'il attrapait une pneumonie et en mourait. Les sentiments de Phoebé seraient sans doute très proches de ceux d'Antigone.

Mais avec tant d'amour et de dévouement, tant d'intelligence et de constance, où en est Phoebé ? Son miroir ancestral est sans doute la sœur cadette dans le conte de Grimm *Les Six Cygnes*. Six frères ont été métamorphosés en cygnes par sorcellerie et ne peuvent être libérés que si leur jeune sœur tisse pour eux six chemises avec des orties récoltées de ses mains nues, sans prononcer une parole pendant six années entières. Quand les six années sont presque passées, elle est découverte par un prince qui tombe aussitôt amoureux d'elle et veut l'épouser, mais comme elle ne dit pas un mot, ses courtisans le persuadent que c'est une sorcière et qu'elle doit être brûlée. La veille de l'exécution, dans sa cellule avec son ballot d'ortie, elle réussit à terminer la dernière des chemises sauf une manche et les lance aux six cygnes. Les frères recouvrent leur forme humaine (le plus jeune gardant une aile couverte de plumes) et expliquent au prince la noble raison du silence de leur sœur.

Dans ce conte, tout finit bien, mais tout finira-t-il bien pour Phoebé ? À la dernière page du livre, Holden, qui regarde sa sœur assise sur un cheval du manège tandis que la pluie tombe à seaux, se sent heureux, presque pour la première fois. “Pourquoi, moi je sais pas, dit-il. C’était juste qu’elle était tellement mignonne et tout, à tourner et tourner sur le manège, dans son manteau bleu et tout.”

Comme les histoires de Hazle Weatherfield que Phoebé ne termine jamais, Phoebé rayonne d’un bout à l’autre du roman, décrivant des cercles autour de ses frères au regard brouillé mais ne suivant jamais une orbite à elle, n’arrivant jamais à sa propre conclusion. En deuil d’un frère qu’elle sait ne jamais revoir, occupant dans la maison familiale la chambre du fils aîné prodigue, protégeant et guidant Holden dans son état d’envoûtement, allant jusqu’à corriger son rêve chimérique d’attraper des gamins dans un champ de seigle au bord d’une falaise (“C’est : Si un corps *rencontre* un corps qui vient à travers les seigles”, lui dit-elle), Phoebé continue simplement à tourner et tourner, “dans son manteau bleu et tout”, sur l’air de *Smoke Gets in Your Eyes*.

HSING-CHEN

Les tâches imposées à l'héroïne ou au héros des contes de fées sont en général au nombre de trois ; dans *La Conférence des oiseaux* d'Attar, les oiseaux à la recherche de leur roi doivent franchir sept vallées ou sept mers dont l'avant-dernière est appelée Vertige et la dernière Annihilation ; les fléaux qu'endure le Pharaon égyptien avant de libérer les Israélites sont dix ; dix aussi les terrasses qui purifient les pécheurs sauvés dans le Purgatoire de Dante, si nous y incluons les deux terrasses préliminaires et le Jardin d'Éden qui les couronne ; les travaux d'Hercule sont douze. Les épreuves subies

dans toute entreprise humaine varient en nombre comme en intensité.

Huit étapes sont requises pour la rédemption de Hsing-chen, le moine bouddhiste déchu, dans *Le Rêve des neuf nuages*, un classique coréen du XVIIe siècle attribué par la plupart des historiens à l'éminent lettré Kim Man-jung. Chacune de ces huit étapes correspond à une fée jeune et belle à qui (non sans bonne volonté) il fait l'amour, et les noms de ces fées font écho, pour des oreilles occidentales, à ceux de stars de country-western : Phénix arc-en-ciel, Clair de lune, Oie sauvage timide, Fleur de jaspe, Nuage de printemps, Harmonieuse Orchidée de flûtes de Pan, Nuage d'étourneaux, Écume de mer.

Hsing-chen (dont le nom signifie "Vraie nature originale" ou "Désir charnel") est châtié pour avoir enfreint les lois de son maître bouddhiste, Liu-kuan, seigneur du monastère du mont Lotus. Après avoir été persuadé de boire du vin par le Roi Dragon, Hsing-chen, l'esprit brouillé, utilise ses pouvoirs mystiques pour transformer des fleurs en joyaux afin de faire plaisir aux huit fées. Pour ce péché, il est condamné au curieux destin de se réincarner comme le plus héroïque des hommes et de vivre une sorte de *Voyage du pèlerin* charnel. Sous le nom de Shao-yu (Petit Visiteur) il renaît dans une famille de paysans pauvres et est élevé par sa mère devenue veuve. Devenu homme, Shao-yu passe avec succès les examens de la cour et entre au service de l'empereur en tant qu'archiviste impérial. Par la suite, il acquiert les talents d'un poète, d'un musicien, d'un diplomate et d'un soldat, et s'élève dans la société jusqu'à devenir le beau-frère de l'empereur en personne.

Situé dans la Chine Tang du IXe siècle, pendant l'âge d'or de la culture cosmopolite chinoise, *Le Rêve des neuf nuages* est un roman de formation magique, la chronique d'une éducation en vérités confucéennes, taoïstes et bouddhistes. "Rencontres et adieux, adieux et rencontres – ainsi va le monde", ainsi un sage bouddhiste résume-t-il le voyage initiatique de Shao-yu dans la vie. Finalement, Shao-yu réussit à la fois à défaire une armée d'envahisseurs tibétains en organisant ses troupes selon le *Yi King*, et à coucher avec les huit jeunes fées auxquelles il est destiné, même (dans le cas de la septième) au beau milieu d'une bataille terrible, où le reflet de l'épée joue le rôle du cierge nuptial et les éclats métalliques de l'armée remplacent le son des luths. Après tant de succès, Shao-yu se trouve soudain face à un vieux moine qui lui révèle qu'il est son ancien maître et lui apprend que tout ce qui est arrivé dans sa vie de mortel n'était rien qu'un rêve fugace, une existence entière d'amour et de guerre vécue en un seul instant de méditation profonde. Avec cette révélation, Shao-yu (redevenu Hsing-chen) accède à la lumière et se dédie désormais à l'enseignement de la doctrine parfaite du Droit Chemin. Il finit par devenir le seigneur du monastère du mont Lotus, et immortels et dragons, hommes et esprits pareillement, tous le révèrent comme ils avaient autrefois révéré son maître. Les huit jeunes fées, elles aussi, abandonnent leurs manières mondaines pour rechercher la lumière, devenant de vraies bodhisattvas, âmes dévouées qui méritent le nirvana mais en retardent l'instant par compassion, afin de sauver d'autres mortels de la souffrance. Tout à la fin, ainsi qu'il avait été décrété dès le début, Hsing-chen et les fées entrent main dans la main sous les ombrages du paradis bouddhiste.

À de multiples reprises tout au long de ces aventures amoureuses, des indices nous sont donnés du caractère irréel de ce que nous prenons pour le monde réel. "L'œil perçoit plus de vérité que deux oreilles", dit quelqu'un à Shao-yu peu avant qu'il soit trompé par une belle femme qui lui affirme qu'elle est un fantôme mais dont il s'avère qu'elle est réelle. Peu importe en quel sens est effectuée la tricherie : d'une femme qui est un fantôme ou d'un fantôme qui est une femme réelle. "Hommes et fantômes suivent des chemins différents, expliquera la femme à Shao-yu, mais l'amour peut les réunir." Ce qui importe à la fin, c'est de savoir que le monde des sens est irréel et que le vrai monde est celui de l'esprit ; le premier n'est qu'un fantasme, le second est la seule réalité qui compte.

N'est-il pas étonnant que des créatures oniriques soient celles qui nous disent que notre vie est un rêve ? Sigismond, dans *La vie est un songe*, de Calderón, se plaint que, dans notre monde singulier, vivre ne soit que rêver et que cette expérience enseigne que quiconque vit rêve ce qu'il est jusqu'à son réveil. Prospero, dans *La Tempête*, explique que nous sommes faits de la matière des rêves et que notre petite vie est entourée de sommeil. Tweedledee et Tweedledum informent Alice de ce qu'elle n'est qu'une espèce d'objet dans le rêve du Roi rouge et que s'il venait à se réveiller, elle serait "soufflée – pfutt ! – comme une chandelle".

Plusieurs mois après son naufrage, un contemporain de Hsing-chen, le marin du Yorkshire Robinson Crusoé, tout seul sur son île, fait un rêve terrible :

il se voit assis par terre à l'extérieur de son enclos et observe soudain un homme en train de descendre d'un gros nuage noir dans une flamme éblouissante. Sitôt atterri, l'homme s'avance vers le rêveur, une longue pique à la main, apparemment prêt à le tuer. D'une voix terrible, il dit à Crusoé : "Puisque toutes ces choses ne t'ont pas porté au repentir, tu mourras !" Crusoé trouve impossible de décrire l'impression demeurée dans son esprit après qu'il s'est réveillé et aperçu que cette vision n'était qu'un rêve. Pour Crusoé, les épreuves de sa vie solitaire sur l'île sont l'affreuse réalité, et le rêve n'est qu'un avertissement. Pour Hsing-chen, il s'avère que c'est la vie débordante d'amour et d'action qui est le rêve avertisseur.

Si Hsing-chen (dans la peau de Shao-yu) doit compléter son voyage en ce monde grâce à des hauts faits guerriers et amoureux, et si tous ces accomplissements militaires et amoureux ne représentent rien que l'ombre d'une ombre, que sommes-nous, nous, ses lecteurs, ombres suivant l'ombre d'une ombre sur la page ? Dans la fable que Platon fait raconter par Socrate dans *La République*, la réalité perçue n'est que l'ombre du monde reflétée sur la paroi de la caverne dans laquelle nous vivons, et Socrate, ainsi que Platon lui-même, observent aussi ces ombres portées et les prennent pour réelles. Pour les hommes et femmes de la Corée du XVIIe siècle, la Chine du IXe siècle (où ont lieu les aventures de Hsing-chen) était une ombre vaste et omniprésente, à la fois menaçante et séduisante, tel un rêve aux facettes multiples, tumultueux et troublant, dont ils espéraient se réveiller un jour.

"Qui peut dire ce qui existe réellement ou non ? se demande Shao-yu vers la fin de son histoire. Le

Bouddha a dit que le corps d'un homme est une illusion transitoire, semblable à de l'écume sur l'eau ou à des pétales de fleur dans une bouffée de vent."

JIM

Il appartient à ce que Tennessee Williams appelait "l'espèce fugitive", en compagnie de Jean Valjean dans *Les Misérables*, du gaucho Martín Fierro, qui déserte l'armée dans l'épopée argentine éponyme, du monstre de Frankenstein en fuite dans le Nord glacé, du forçat Abel Magwitch dans *Les Grandes Espérances*. Ce qui le définit, ce n'est pas ce qu'il est tel qu'il se connaît mais une situation imposée de fugue, forcé qu'il est par le monde extérieur de "ficher le camp à toute vitesse". Mais comment ? "Tu comprends, explique-t-il à Huckleberry Finn,

que si j'essaie de continuer à fui' à pied, les chiens, y suivent ma piste ; si je vole un canot pou' traverser, y cherchent ce canot, tu comprends, et y savent où je débarque de l'aut' côt et où trouver ma piste." Pris au piège entre les préjugés omniprésents des Blancs adultes et les jeux irresponsables des Blancs adolescents, Jim tente de s'évader vers quelque havre utopique d'égalité des droits : un État libre dans le roman de Mark Twain, le chemin de fer clandestin dans l'histoire américaine, le pays du *"low-swinging sweet chariot"* dans l'imaginaire noir du gospel. Pas plus que ses autres camarades en fuite, Jim ne l'atteindra jamais. Il sera reconnu en tant qu'esclave affranchi, mais pas en tant que lui-même, quoi que puisse être pour lui cet individu suscité par magie.

Le monde des Blancs a des projets pour lui : tante Polly, oncle Silas et tante Sally veulent faire "tout un foin" pour lui en récompense de sa "bonne action", et lui donner "tout ce qu'il veut à manger", et le temps de se reposer, et "rien à faire", plutôt comme ils reconnaîtraient la fidélité d'un animal domestique. Tom Sawyer (dont le plan voué à l'échec est inspiré par ses lectures de récits d'aventures) explique à Huck comment, à eux deux, après la réussite de leur entreprise, ils auraient ramené Jim "chez nous sur un vapeur, en style, et on l'aurait payé pour le temps perdu, et on aurait écrit avant, et on aurait fait venir tous les nègres, pour qu'ils l'accompagnent en ville en musique, un cortège de torches, avec une fanfare" – croisement entre l'entrée du Christ à Jérusalem et la triste exhibition d'un ours dansant. *Don Quichotte* (l'un des livres que Tom Sawyer a lus) aurait pu inspirer au garçon la volonté de combattre l'injustice ; il ne trouve au contraire dans la folie livresque du chevalier que le frisson des histoires de pirates et la puissance de la magie des contes de fées. Si Jim avait rencontré *Don Quichotte*, sa lecture aurait sans doute été différente de celle de Tom.

Mais on n'apprenait pas à lire aux esclaves. En 1660, le roi Charles II avait proclamé sa fidélité à la foi protestante selon laquelle, ainsi que l'avait enseigné Luther, le salut de l'âme dépend de la capacité de chaque individu à lire pour lui (ou elle)-même la parole de Dieu. En conséquence, le roi avait proclamé que le Conseil pour les Plantations étrangères devait enseigner aux indigènes, aux domestiques et aux esclaves les préceptes du christianisme. Mais les propriétaires d'esclaves n'étaient pas convaincus. Ils craignaient qu'un esclave qui apprenait à lire la Bible pût lire aussi des tracts abolitionnistes, voire trouver dans les Écritures, dans des histoires comme celle de Moïse et du Pharaon, des excuses à la révolte. Le décret royal rencontra dans les colonies américaines une forte opposition, surtout en Caroline du Sud où, à peine un siècle plus tard, des lois furent édictées qui interdisaient l'apprentissage de la lecture à tous les Noirs, qu'ils fussent libres ou esclaves. Ces lois étaient encore effectives à l'époque de Mark Twain. Un esclave qui les enfreignait pour la première fois était fouetté avec une lanière de cuir, la deuxième fois avec un chat à neuf queues et, la troisième fois, on lui sectionnait la première phalange de l'index. Dans bien des cas, des esclaves qui avaient appris à lire et l'avaient enseigné à d'autres furent pendus.

Jim, bien entendu, ne sait pas lire. S'il l'avait appris, ainsi que Frederick Douglass l'explique dans son autobiographie, avec une volonté née de la détermination de son maître “à [le] maintenir dans l’ignorance”, il aurait pu tomber sur la justification de l’esclavage par Aristote : “L’autorité et l’obéissance sont non seulement choses nécessaires ; elles sont encore choses éminemment utiles, soutenait dans sa *Politique* ce philosophe obsédé par l’ordre. Quelques êtres, du moment même qu’ils naissent, sont destinés, les uns à obéir, les autres à commander. [...] Au reste, l’utilité des animaux privés et celle des esclaves sont à peu près les mêmes : les uns comme les autres nous aident, par le secours de leurs forces corporelles, à satisfaire les besoins de l’existence.” Aristote n’a pas jugé nécessaire d’expliquer que par “besoins”, il entendait les siens et ceux de ses pareils.

Thomas d’Aquin, dans sa vaste *Summa theologica*, mettait sur le même pied les relations d’un maître avec son esclave et celles d’un père avec son fils, et défendait l’idée que tant le fils que l’esclave devaient jouir de certains droits. “Le fils, comme tel, est quelque chose du père, ainsi que l’esclave, comme tel, est quelque chose de son maître. Cela ne les empêche pas l’un et l’autre, considéré comme tel homme, d’avoir une subsistance propre qui les distingue des autres, et d’être, sous cet angle, en relation de justice. Et c’est pour cela aussi qu’on donne certaines lois sur les rapports du père avec son fils, du maître avec son esclave. Néanmoins, du fait que l’un est quelque chose de l’autre, la notion parfaite de droit et de juste est ici boiteuse.” C’est là, saint Thomas ne l’ignorait certes pas, un syllogisme complaisant dans lequel la conclusion est suggérée dans la prémisse, parce qu’une possession, esclave, enfant ou chien, ne peut par définition exiger les droits ou la justice dus à son propriétaire. Le “Pap” de Huck est du même avis que Thomas d’Aquin. Un père qui a élevé un fils devrait s’attendre à ce que son fils fasse “kekchose pour lui” et un homme blanc qui est un citoyen convenable devrait avoir davantage de droits qu’“un de ces rôdeurs de nègre libre, d’un voleur infernal à chemise blanche”.

Depuis Aristote, et même avant lui, chaque société qui a accepté comme juste le concept d’esclavage l’a défendu à partir de deux présupposés : qu’il est juste que ceux qui sont considérés (par eux-mêmes) comme supérieurs possèdent un pouvoir absolu sur ceux qui sont considérés comme inférieurs, et que la condition d’esclave est souvent favorable à ceux qui la subissent. “C’est pour ton bien” et “ça me fait plus mal qu’à toi” sont les expressions aberrantes de parents qui croient que “qui aime bien châtie bien”.

Dans sa préface au roman sadomasochiste *Histoire d’O*, l’homme de lettres Jean Paulhan raconte, sous le titre “Les plaisirs de l’esclavage”, l’histoire de la libération d’esclaves à la Barbade en 1838. Quelque deux cents hommes et femmes à qui avait été accordée leur liberté revinrent chez leur ancien maître, un certain M. Gleneg, et le supplièrent de les reprendre. Gleneg, peut-être par respect pour les lois anti-esclavagistes, refusa. Les ci-devant esclaves protestèrent avec de plus en plus de violence avant de se mettre à massacrer Gleneg et toute sa famille. Après quoi, raconte Paulhan, ils retournèrent à leurs huttes et se remirent à leurs tâches habituelles. Si cette histoire est vraie, elle doit avoir suscité bien des “je vous l’avais bien dit” chez les derniers propriétaires d’esclaves du Sud américain.

Mais, contrairement à ces esclaves de la Barbade, Jim n'est pas satisfait de sa condition, et s'il pouvait arriver dans un port libre, il ne demanderait certes pas à revenir. On nous parle du sens moral de Jim (comme lorsqu'il accable de mépris le jugement de Salomon et exprime sa pitié pour le fils emprisonné de Louis XVI), de ses croyances (dans le pouvoir de la magie, l'obligation de respecter les morts et la vérité de ce que disent les rêves), de sa détermination à être libre et à devenir lui-même de plein droit, et à récupérer sa famille : ("La première chose qu'il ferait quand il serait dans un État libre, ce serait d'économiser de l'argent, sans jamais dépenser un seul centime, et que quand il en aurait suffisamment, il rachèterait sa femme, qui était esclave dans une ferme proche de là où habitait Miss Watson. Et alors ils travailleraient tous les deux pour racheter leurs deux enfants, et si leur maître voulait pas les vendre, ils iraient trouver un ab'litionniste qui irait les voler.")

La première fois que j'ai lu *Huckleberry Finn*, à peu près au même âge que le sien, ce qui m'a le plus touché était la relation de plus en plus forte entre Huck et Jim. En Jim, Huck avait trouvé (pensais-je) une sorte de père, un miroir inversé de son Pap abusif et bigot, un Pap qui avait besoin de lui pour survivre dans le grand méchant monde, un Œdipe pour Huck-Antigone. J'enviais Huck parce que je savais qu'il avait autant besoin de Jim que Jim de lui.

En dépit d'indices disséminés dans tout le roman, en dépit des aperçus qui nous sont offerts de son caractère, Jim est encore perçu par ses lecteurs uniquement en tant qu'esclave. Toni Morrison estimait que le portrait de Jim était "un costume de clown mal taillé qui ne peut cacher l'homme à l'intérieur" et voyait dans la conclusion du roman un effort de la part de Mark Twain pour se concilier "un lectorat raciste" en faisant de Jim "un vrai bouffon". Dans l'*Œdipus Rex* de Sophocle, le devin Tirésias qualifie Œdipe de "pauvre sot".

Ce lectorat raciste qu'identifie Morrison est aujourd'hui encore celui du roman parce que, certainement, aux États-Unis, le racisme colore tout. Le verbe est abominablement approprié. Que l'établissement d'une hiérarchie sociale en noir et blanc ait permis l'esclavage, ou que l'esclavage ait eu besoin d'une justification que la société inventa sous forme d'une hiérarchie en blanc et noir, la question peut être débattue sans fin.

Mais où en est Jim, dans tout cela ?

L'esclavage fut pratiqué dans le Nouveau Monde dès les premiers pas des gouvernements coloniaux ; à l'époque de la Déclaration américaine d'indépendance, en 1776, il était encore légal dans l'ensemble des treize colonies. Il ne fut aboli au niveau national que près d'un siècle plus tard, en 1865, quand le treizième amendement libéra les quarante mille derniers esclaves dans les deux États encore esclavagistes qu'étaient le Kentucky et le Delaware. Quelques dizaines d'années plus tard, Alexis de Tocqueville avait observé qu'aux États-Unis une société multiraciale sans esclavage était, à son avis, intenable ; il était convaincu que le préjugé profondément enraciné à l'encontre des Noirs se renforcerait si on accordait à ceux-ci des droits supplémentaires. En d'autres termes, ne cherchez pas la cause ; tempérez le traitement et vous n'exacerberez pas les symptômes.

Cette attitude est encore courante aux États-Unis juste sous la surface. Aussitôt que les autorités semblent atténuer le discours anti-préjugés, les mots de Pap recommencent à inonder la place publique. En 2018, les plaintes adressées à la Commission pour l'égalité des chances en matière d'emploi ont augmenté de dix-sept pour cent par rapport à l'année précédente et, selon les statistiques du FBI, les crimes de haine ont augmenté en 2017 de presque mille cas ; presque cinquante pour cent de tous les crimes de haine commis aux États-Unis le sont contre des Noirs. Un homme noir sur soixante-cinq assassinés aux États-Unis est tué par la police ; environ vingt-cinq pour cent de ces victimes n'étaient pas armées. Cours, Jim, cours.

Le magazine *Forbes* a annoncé qu'en 2018 les États-Unis étaient le pays du monde comptant le plus grand nombre de milliardaires, dont la plupart mènent, supposons-nous, des existences agréables. Quarante-cinq ans auparavant, Ursula K. Le Guin publiait une nouvelle intitulée "Ceux qui partent d'Omelas". Omelas est une ville où tout le monde jouit d'une existence parfaitement heureuse. L'unique condition pour ce bonheur commun est qu'une fois l'an, au cours du festival d'été, tous les citoyens doivent passer à la queue leu leu devant une chambre étroite dans la cave de l'un des plus beaux bâtiments de la ville, où un enfant nu (Le Guin n'en spécifie ni le sexe ni la couleur de la peau) est gardé enfermé, assis dans ses propres excréments. L'enfant n'a pas toujours vécu dans cette chambre et garde le souvenir de la lumière du soleil et de la voix de sa mère. "Je serai sage, dit-il. S'il vous plaît, laissez-moi sortir. Je serai sage."

Le Guin ajoute qu'il arrive que quelqu'un vienne voir l'enfant et ne rentre pas chez lui satisfait. Parfois, quelqu'un sort dans la rue et continue à marcher, marche droit devant lui jusqu'à sortir de la ville d'Omelas. Le Guin dit ne pas savoir où se rendent ces marcheurs, mais elle sait qu'il y a des gens qui partent d'Omelas.

LA CHIMÈRE

Le Royal Tyrrell Museum d'Alberta, au Canada, est à juste titre célèbre pour sa collection de dinosaures. Mais peut-être les plus étranges de ses trésors ne sont-ils pas ces squelettes colossaux d'animaux qui erraient sur la planète quand les humains n'étaient pas encore là pour les voir, mais une vitrine où l'on voit des agrandissements de formes d'animaux marins microscopiques qui n'ont pas eu pour destin de survivre plus qu'un temps très bref dans la vaste durée de la préhistoire, il y a trois cents millions d'années. Flottant dans une sombre mer de plexiglas où leurs corps transparents apparaissent en silhouettes blanches d'une grandeur plusieurs fois

supérieure à leurs dimensions réelles, ces ébauches ratées d'objets vivants ont, pour un œil inexpérimenté, l'aspect de guingois et d'une cauchemardesque asymétrie de douteuses tentatives de représentation de créatures qui auraient pu exister, comme si un artiste avait griffonné des formes, les yeux fermés, et puis, découvrant ce qu'il avait fait, les avait effacées pour toujours. Ces fantômes à jamais inaccomplis sont au nombre des monstres les plus terrifiants qu'on ait pu voir, en comparaison desquels la Méduse et le basilic sont familiers, presque domestiques. La vie sur notre planète commence avec des monstres, pas avec les espèces ordinaires auxquelles nous sommes habitués.

Le mot "monstre" dérive du verbe latin *monere*, "avertir". Le monstre est le prodige, l'anomalie, l'être insolite, la chose inattendue, ce qu'on voit rarement ou jamais. Horace, à propos de quelque chose de monstrueusement impossible, parle de cygnes noirs, ignorant qu'à cet instant même (ainsi que l'a fait remarquer Borges) des bandes de cygnes noirs obscurcissaient les cieux de l'Australie. Il existe toujours une possibilité, si petite soit-elle, que ce que nous qualifions de monstre impossible soit tapi en ce moment dans un coin obscur de l'univers.

Parce que nous sommes dépourvus de l'ingéniosité de la nature qui, nous dit Dante, "n'a pas de repentir à faire encore des éléphants et des baleines", nos monstres imaginaires sont des versions agrandies ou réduites de ce que la nature a déjà conçu, ou de simples combinaisons de petites pièces et morceaux de ce qu'on peut voir dans n'importe quel zoo. Poisson, oiseau ou lion apparié avec une femme ; cheval, taureau ou lézard avec un homme ;

étalons et serpents volants ; inventions théologiques aux bras multiples comme Shiva ou une personnalité triple comme la Sainte Trinité ; dragons à mille têtes, humains sans tête : nos bestiaires imaginaires ne sont guère que des versions ostentatoires d'un *cadavre exquis**, ce jeu inventé par les surréalistes qui consiste à dessiner, sur un papier plusieurs fois replié sur lui-même, une partie d'un corps, sans voir ce qu'ont fait les joueurs précédent. Les résultats sont souvent absurdes ou comiques, mais rarement aussi étonnants qu'une girafe ou un ornithorynque. Ainsi que Dieu le dit à Job, non sans un rien de vantardise : "Est-ce toi qui donnes au cheval la vigueur, qui revêts son cou d'une crinière flottante ?"

Si tenace est notre croyance aux montres que Christophe Colomb, observant trois lamantins près de l'embouchure de l'Orénoque, déclara dans son journal avoir vu trois sirènes qui nageaient dans la mer, mais, ajouta-t-il avec une précision scrupuleuse, "elles ne sont pas aussi belles qu'on les dépeint". Nos monstres existent parce que nous souhaitons qu'ils existent, peut-être parce que nous avons besoin qu'ils existent.

La chimère est l'archétype du monstre composite. Homère la décrit comme étant "de race divine, et non de race humaine : lion devant, serpent derrière et chèvre en son milieu, [vomissant] des torrents de flammes dévorantes". Hésiode fait d'elle (peut-être parce que la chimère est féminine) la fille d'un autre monstre, la femme-vipère Échidna, et dit que l'effroyable Chimère est gigantesque, ingambe et forte, qu'elle a trois têtes comme le chien Cerbère qui garde l'entrée des Enfers : "l'une de lion, l'autre de chèvre, la tierce de serpent". D'autres poètes ont écrit que la chimère a donné naissance au Sphinx (vaincu par Œdipe) et au lion de Némée (tué par Hercule). La Chimère fut abattue par le héros Bellérophon, monté sur Pégase, le cheval ailé. Il semble que dans notre imagination les monstres finissent toujours mal.

Et pourtant, quelques-uns des monstres imaginés par nos ancêtres ont assez de résilience pour avoir perduré dans le temps. Contrairement à la chimère, le centaure et la sirène, le dragon et le griffon, l'ogre et le satyre arpentent encore notre monde. La chimère, elle, est moins créature que symbole. Selon Robert Graves, la chimère était dans le calendrier des Grecs anciens un emblème de l'année tripartite, dont les emblèmes saisonniers étaient lion, chèvre et serpent. Pour nous, de nos jours, la chimère est la représentation de l'impossible, un nom que nous donnons à tout ce qui peut être imaginé mais jamais accompli, comme une vie sans douleur ou une société juste pour tous.

Quels sont nos monstres aujourd'hui ? Ceux que nous ne pouvons supporter d'inclure au sein de l'humanité, ceux contre qui nous sommes prévenus en raison de leurs agissements "inhumains" ; Hitler, Staline, Pinochet, Bachar el-Assad, les tueurs en série, les violeurs ont tous été qualifiés de monstres parce qu'ils ont commis des actes dont nous aimerions imaginer qu'aucun être humain ne pourrait les commettre. Les anciens étaient plus sages. Leurs dieux et leurs monstres avaient des qualités et des défauts surnaturels, mais ils avaient aussi des défauts et qualités bien humains. Polyphème était crédule, Cerbère gourmand, les Centaures sages, la Dame dragon de Lusignan séductrice, Pégase se vantait de sa vélocité et l'Hydre de sa force. Ces monstres sont mémorables parce que, de même que nous autres humains, ils peuvent ressentir orgueil, haine et lascivité – et aussi envie et lassitude –, parce que, au-delà de notre peur, ils nous inspirent le respect en tant que créatures de cette terre au même titre que nous, désireuses de bienveillance, comme nous, et supportant la souffrance, comme nous. Jean Cocteau a suggéré que la Sphinge avait été défaite parce qu'elle avait elle-même murmuré à Œdipe, dont elle était tombée amoureuse, la réponse à l'énigme.

Contrairement à celle de nos aïeux, notre époque est à la fois crédule et sceptique. Nous nous prétendons rationalistes et scientifiques, et cependant nous croyons à des petits hommes verts venus de l'espace (une compagnie d'assurances d'Altamonte, en Floride, propose une police contre les enlèvements par des extraterrestres), à l'Abominable Homme des neiges et au monstre du loch Ness (des visites sont organisées en vue de possibles apparitions), aux vampires (jusqu'en février 2004, en Roumanie, plusieurs membres d'une certaine famille Petre craignaient encore que l'un de leurs parents décédés fût devenu un vampire ; ils exhumèrent son corps, en arrachèrent le cœur, le brûlèrent et en burent les cendres mélangées à de l'eau). Les anciens ne se contentaient pas de fraterniser avec leurs monstres, ils se sentaient aussi responsables de leur existence : le Minotaure était né de l'avidité sexuelle de Pasiphaé, et les Sirènes étaient venues au monde afin d'empêcher les marins de franchir les limites interdites. Comme l'a dit des Anciens l'historien Paul Veyne, “Bien sûr qu'ils y croyaient, à leurs mythes !”

Mais les croyaient-ils véridiques ? “La vérité, répond Veyne, c’est la pellicule d’autosatisfaction grégaire qui nous sépare de la volonté de puissance.”

Aujourd’hui nous croyons aux monstres mais nous ne voulons pas en être responsables. Pour nous, l’existence d’un monstre tel que la Chimère n’est plus question de vérité, mais de fuite devant la vérité, de refus d’admettre que nous sommes capables, tous et chacun d’entre nous, des actes les plus admirables et des plus abominables crimes.

ROBINSON CRUSOÉ

Jamais nous ne posons le pied sur une île déserte sans aspirer à la quitter. Ancrés sur le continent, nous rêvons de naviguer au-delà de l'horizon et d'atteindre une rive sauvage où nous pourrions bâtir un monde qui nous plairait, où nous pourrions devenir le souverain despotique d'un minuscule univers privé. Mais, une fois sur l'île, une fois atteints par le froid, la faim, la peur, l'ennui et le désespoir, nous n'avons plus qu'une idée en tête : comment nous tirer de là. G. K. Chesterton, comme on lui demandait quel livre il emporterait sur une île déserte, répondit : *Le Guide pratique de construction navale*, de Thomas.

Il ne faudrait donc pas nous étonner du fait que ce furent les habitants d'une île qui peuplèrent la mer d'îles inexistantes pour lesquelles ils inventèrent des géographies merveilleuses et de passionnants récits. Un peuple continental n'éprouve guère le besoin de recréer d'autres terres : au-delà de ces montagnes, de ces forêts ou de ces vallées vivent certainement d'autres peuples qui leur ressemblent et dont les histoires font écho aux leurs. Sur une île, en revanche, il n'y a pas d'"autres terres" : tout est immédiatement perceptible, rien n'est caché au loin. C'est pourquoi les Anglo-Saxons, afin de susciter d'autres façons d'être, inventèrent des îles invisibles situées juste au-delà de l'horizon, îles que l'on pourrait ou non découvrir un beau jour mais qui n'avaient nul besoin pour exister d'une présence matérielle. Cette cartographie imaginaire possède une préhistoire en Grèce, en Chine et dans le monde arabe, mais les trois catégories fondamentales auxquelles, sans exception, toute île imaginaire appartient ont été rêvées et définies en l'espace très bref de deux siècles par les insulaires de la Grande-Bretagne : l'Utopie de Thomas More, les royaumes insulaires visités par le capitaine Lemuel Gulliver et l'île de Robinson Crusoé.

Le 25 avril 1719 apparurent à Londres deux volumes in-octavo intitulés *La Vie et les aventures étranges et surprenantes de Robinson Crusoé de York, marin*, présentés comme un compte rendu véridique, "écrit par lui-même". Le succès fut immédiat. À en croire l'auteur secret, Daniel Defoe, il ne s'agissait pas d'une fiction : il inventait des chroniques véridiques dans la tradition des historiens que Hérodote avait répudiés. Peu importait que le livre ne fût pas le témoignage fiable qu'il prétendait être : le caractère immédiat de ce récit poignant suffisait à persuader les lecteurs de sa véracité. Le narrateur pouvait bien être fictif, soutenaient les lecteurs de Defoe, les événements racontés, eux, étaient vrais.

Et ils l'étaient. Une quinzaine d'années avant la parution du livre, en 1704, un marin du nom d'Alexander Selkirk fut abandonné par son capitaine, pour des raisons inconnues, sur l'île inhabitée de Juan Fernández, proche de la côte chilienne, où il fut secouru cinq ans plus tard, en 1709. L'histoire de Selkirk inspira Defoe, qui la développa et l'embellit, faisant du récit du marin la chronique fondatrice d'une société primitive qui, de l'avis d'un de ses lecteurs prestigieux et enthousiaste, Karl Marx, "illustrait la théorie économique en action". Crusoé est l'*Homo primus*, un Adam qui institue tous les arts et métiers humains. Son île devient le modèle exemplaire de toutes les activités humaines, et son développement exceptionnel donne à voir les possibilités intrinsèques d'une société réalisable. Il peut imaginer philosophiquement les possibilités d'un monde entièrement nouveau car (ainsi que l'a observé le savant allemand Hans Blumenberg), "le naufrage, du point de vue du survivant, est la figure d'une expérience philosophique primordiale".

Même si, à la fin, Robinson Crusoé revient sur son sol natal, ses lecteurs savent qu'il n'abandonnera jamais réellement l'île où il a été maître du monde, maître de son domaine : partout ailleurs, il n'est qu'un quelconque Anglais. Quoi qu'ait pu souhaiter Selkirk, Robinson ne peut être secouru. Dans son sonnet "Alexandre Selkirk", Borges, en 1984, prête ces mots au Crusoé original, lors de son arrivée en Angleterre :

> Je ne suis plus celui qui, éternellement,
> Ne voyait que la mer et sa steppe profonde
> Comment pourrais-je faire pour que cet autre sache
> Que c'est moi qui suis là, sauvé, parmi les miens ?

Les lecteurs de Crusoé le savent bien, personne n'atterrit sur une île déserte pour la première fois. Même si nous croyons que nul autre n'a mis le pied sur cette bande de sable là, cette arrivée existe déjà dans notre mémoire littéraire. Depuis ce matin d'octobre 1659 où Crusoé échoua sur l'île, avec plus ou moins d'espoir, nous avons inlassablement répété son geste primordial. La famille des Robinson suisses, la bande d'éternels naufragés de *Gilligan's Island*, les partisans de Sa Majesté des mouches, les pathétiques concurrents de la téléréalité, Neil Armstrong enthousiaste sur l'île de la Lune – tous se conforment à la chorégraphie établie par Daniel Defoe pour son pauvre gentleman anglais. Car Crusoé est, bien entendu, un gentleman. Il ne parle aucune autre langue que l'anglais (il nous raconte qu'il a laissé à bord de l'épave plusieurs volumes appartenant au capitaine du vaisseau parce qu'ils étaient en portugais) ; sa foi est celle de l'Église anglicane (il abandonne aussi quelques livres papistes) ; il croit fermement que tous ceux qui ne lui ressemblent pas sont des sauvages (autrement dit cannibales, autrement dit noirs) ; et il assume avec assurance la tâche d'apporter la civilisation au vaste monde au-delà des limites de l'empire (même si ce monde n'est guère qu'un amas de rochers balayés par le vent). Il sait comment faire tout et n'importe quoi : construire une maison, monter une clôture, dresser des cartes du territoire vierge, tanner une peau de chèvre, se coudre un costume, planter du blé, fabriquer des pots en terre cuite, cuisiner. Tant de tâches accomplies au nom de la couronne d'Angleterre, et personne pour admirer ses travaux !

Defoe introduit donc l'homme de Crusoé, Vendredi. Sans Vendredi, sans cet homme primitif, non civilisé, les hauts faits de Crusoé resteraient tristement secrets, faute d'un public approprié. Sans son ombre (car, après tout, qu'est donc Vendredi sinon un Crusoé rustique, plus sombre, aussi solitaire et malheureux que l'Anglais ?), Crusoé disparaîtrait. Tel son prédécesseur grec qui dériva d'île en île jusqu'à être autorisé à rentrer chez lui, il deviendrait Personne. Même pas Personne, parce qu'avant l'apparition de Vendredi dans l'histoire, Crusoé n'a pas de nom, n'ayant pas d'interlocuteur – c'est-à-dire, quelqu'un avec qui dialoguer ; c'est-à-dire la possibilité d'une parole active ; c'est-à-dire d'une pensée fertile. Le cahier dans lequel Crusoé note ses observations ne suffit pas à lui conférer une identité : un écrivain a besoin d'un lecteur pour porter les mots à la vie car, ainsi que nous le savons, la littérature est un art binaire. Ni le chat, ni le chien, ni la chèvre, ni le perroquet qui apparaissent l'un après l'autre dans la vie du naufragé ne suffisent : ce sont des animaux sympathiques mais pas des partenaires de conversation, rien de plus qu'un public factice pour ses monologues. Vendredi, lui, a le don des langues et, avec un talent supérieur à celui de Crusoé, il apprendra la langue de Shakespeare dans laquelle Crusoé lui enseigne les principes de la religion chrétienne. Crusoé, en revanche, n'apprendra pas la langue de Vendredi et par conséquent ne saura jamais rien du merveilleux système de croyances que Vendredi aurait pu lui révéler. Bref, la présence de Vendredi est requise pour que Crusoé existe. En 1819, dans son recueil *West-österlicher Divan*, Goethe a publié un poème sur la feuille du préhistorique ginkgo biloba, qui semble simple mais, en fait, est double :

La feuille de cet arbre qui, de l'Orient
Est confiée à mon jardin,
Offre un sens caché
Qui charme l'initié.

Est-ce un être vivant,
Qui s'est scindé en lui-même ?
Sont-ils eux qui se choisissent
Si bien qu'on les prend pour un seul ?

Pour répondre à ces questions,
Je crois avoir la vraie manière,
Ne sens-tu pas, à mes chants,
Que je suis à la fois un et double ?

Vendredi existait déjà dans l'imagination de Crusoé avant qu'il ne quitte les quais de Hull. Longtemps avant qu'il ne découvre les traces de pas de Vendredi dans le sable, le sauvage vit déjà dans l'esprit de Crusoé comme quelqu'un dont la destinée, parce qu'il n'est ni anglais, ni chrétien, ni blanc, consiste à servir un gentleman qui est toutes ces choses admirables. Pour Vendredi, pour les descendants de Vendredi, la Déclaration des droits de l'homme proclamée un siècle plus tard ne signifiera absolument rien. L'esclavage sera aboli, oui, mais seulement pour être remplacé par d'autres formes de servitude : mise au travail des enfants, salaires minables, expropriation territoriale, commerce sexuel, génocide, destruction des ressources naturelles, famine industriellement induite, déplacements de populations, exil forcé. La destinée de Vendredi consiste donc à être, sinon un esclave, toujours quelque chose d'inférieur à Crusoé. Il a pour rôle d'apprendre à travailler dans un champ, une usine, un bureau, un atelier clandestin, de travailler pour un maître, d'être humble et obséquieux. Sans doute est-ce afin d'enseigner cette leçon dans les arts de l'injustice que Rousseau choisit *Robinson Crusoé* comme livre de chevet pour son Émile.

QUEEQUEG

Le seul espace véritablement inconnu est celui du corps que nous habitons. Tout le reste est ouvert à l'exploration. Les étoiles les plus lointaines et les plus profondes vallées de l'océan sont ouvertes à la curiosité humaine, mais ce que nous disons nôtre n'est à nous que par un acte de foi. Nous reconnaissons notre visage dans le miroir mais nous le voyons à l'envers, gauche et droite permutées, et notre dos nous est aussi inconnu que la face cachée de la Lune (plus encore, puisque cette zone jusqu'ici secrète est désormais l'objet d'une attentive exploration chinoise). Notre peau d'être humain adulte couvre

une surface qui varie de 1,5 à 2 mètres carrés ; cette surface, la plupart d'entre nous peuvent à peine en observer le tiers. John Donne, dans son poème "À Dieu, mon Dieu, dans ma maladie", observe que ses "médecins par amour se sont faits / Géographes, et moi leur mappemonde". Nos médecins peuvent explorer cette carte beaucoup plus à fond que nous ; c'est comme si nous portions, écrit sur notre peau, un livre que seuls les autres peuvent lire.

Quelque cinq siècles après l'invention de l'imprimerie par Gutenberg, Kafka imaginait, dans *La Colonie pénitentiaire*, une machine infernale composée de trois parties. La partie inférieure, sur laquelle est étendu le prisonnier condamné, est appelée le lit, la partie supérieure est la dessinatrice et la partie mobile entre les deux la herse ; la herse est garnie de deux sortes d'aiguilles, longues ou courtes, disposées en rangées. La plus longue inscrit sur la peau du prisonnier la loi qui a été violée et la plus courte projette de l'eau qui lave le sang, afin que l'inscription reste nette. L'ensemble de l'appareil constitue une machine à écrire automatisée, parodie monstrueuse de l'invention de Gutenberg qui, selon l'historienne Elizabeth Eisenstein, fit paraître "plus multiforme la parole de Dieu et plus uniforme son ouvrage". Ce qu'a d'affreux la machine de Kafka, c'est que le condamné ne sait pas ce qui est inscrit.

Dans *Moby Dick*, le harponneur Queequeg porte sur sa peau des marques hiéroglyphiques tatouées par un défunt prophète et voyant de son île de Kokovoko, marques qui contiennent "une théorie complète des cieux et de la terre" ainsi qu'un traité mystique sur l'art de parvenir à la vérité. Queequeg, ainsi que l'explique Ishmaël, était en lui-même "une énigme à résoudre, une œuvre merveilleuse en un volume, mais il ne pouvait pas se lire lui-même, bien que son propre cœur vivant batte sous la page". Ces mystères étaient par conséquent destinés "à pourrir finalement avec le vivant parchemin sur lequel ils figuraient et à s'éteindre à jamais". C'est cela, se dit Ishmaël, qui doit avoir provoqué l'exclamation d'Achab, un matin, à la vue du tatoué : "Oh ! diabolique tentation des dieux !"

Ishmaël, lui aussi, porte sur sa peau des tatouages, mais ceux-ci sont les pages d'un cahier sur lesquelles il a inscrit des faits et des chiffres recueillis au cours de ses folles randonnées car "il n'y avait pas d'autre moyen de conserver une statistique aussi précieuse". Sur son bras droit sont tatouées certaines statistiques concernant des baleines échouées ; les autres parties de son corps, Ishmaël les a réservées "à un poème que j'étais en train de composer". Les tatouages de Queequeg sont le texte d'un scribe magicien, un texte universel. Ceux d'Ishmaël ne sont que ses propres griffonnages. Lorsque Ray Bradbury, qui devait par la suite écrire le scénario du *Moby Dick* de John Huston, rêva son Homme illustré, il doit avoir pensé à Queequeg.

Queequeg ne sait pas lire. Quand il prend un livre, il compte les pages avec une régularité délibérée et à chaque cinquantième page il s'arrête, promène autour de lui un regard absent, laisse échapper un sifflement de surprise et reprend le compte des cinquante suivantes. Ishmaël tente de lui expliquer l'intérêt des mots imprimés et la signification des illustrations du livre, et ce geste pédagogique semble créer un lien entre eux, formant dans le lit "un confortable et tendre couple" : l'homme qui sait lire mais se sent mal à l'aise dans sa vie et cherche dans les voyages en mer l'équivalent du suicide, et l'homme qui ne sait pas lire mais est content de sa propre compagnie et, en vrai philosophe, n'est pas indûment conscient de sa vie et de ses luttes.

Pour Ishmaël, la mer est "démoniaque pour sa propre progéniture", "pire que l'hôte persan qui assassinait ses propres invités", si différente de "cette verte, douce et très solide terre". Il adjure le lecteur de les considérer l'une et l'autre : "Ne trouvez-vous pas une étrange analogie avec quelque chose de vous-même ? Car, de même que cet Océan effrayant entoure la terre verdoyante, ainsi dans l'âme de l'homme se trouve une Tahiti pleine de paix et de joie, mais cernée de toutes parts par toutes les horreurs à demi connues de la vie." Et de mettre le lecteur en garde, ainsi que lui-même : "Ne poussez pas au large de cette île, vous n'y pourriez jamais retourner."

Queequeg ne se soucie pas de ce qu'il ne peut connaître ou ne peut lire. Des signes existent, tels les tatouages sur sa peau, et cela suffit à le rendre heureux et en paix avec le monde, un monde qu'il juge "mauvais sous n'importe quel méridien" et dans lequel, obéissant à la magie de son petit dieu de bois, Yojo, il a décidé de "mourir païen".

Ishmaël, lui, est de la race de Stubb, le deuxième second, à qui le capitaine Achab fait remarquer que tous les objets visibles ne sont que "des mannequins de carton" et que, dans chaque événement "quelque chose d'inconnu et qui raisonne se montre derrière le mannequin qui, lui, ne raisonne pas". Et il ajoute : "C'est cette chose impénétrable que je hais avant tout." Queequeg, apparemment, ignore ce qu'est la haine.

Quand Queequeg tombe malade et se croit mourant, il refuse d'être enseveli dans un hamac et lancé comme quelque chose de vil aux requins mangeurs de mort. Il veut être déposé dans une pirogue-cercueil et le charpentier du bord lui en construit une avec du "vieux bois païen, couleur de cercueil" qui a été coupé dans les forêts indigènes des îles Lackaday. Queequeg fait placer dans le cercueil son harpon, quelques biscuits, une bouteille d'eau fraîche, un petit sac de terre mêlée de sciure et un morceau de toile roulé en guise d'oreiller. Soudain, sans prévenir, Queequeg revient à lui : il se rappelle (comme Socrate) un devoir encore à accomplir sur terre et (contrairement à Socrate) il change d'avis face à la mort. Queequeg croit que si un homme fait le choix de vivre, une simple maladie ne peut pas le tuer, rien ne le peut sauf "un cachalot, ou une tempête, ou quelque violent destructeur de ce genre". Non utilisée par Queequeg, la pirogue-cercueil finira par faire le salut d'Ishmaël quand, alors que la mer a englouti le vaisseau, elle surgit des flots comme une bouée de sauvetage et vient flotter doucement auprès de lui. Un jour et une nuit plus tard, Ishmaël est sauvé par le *Rachel*, à la recherche de ses enfants perdus.

"On peut douter de toutes les choses terrestres et avoir des intuitions de certaines choses célestes, dit Ishmaël. La combinaison des deux ne fait ni un croyant ni un sceptique, mais un homme qui regarde les deux d'un œil égal." Queequeg est cet homme.

BANDERAS LE TYRAN

“La tyrannie n’est pas affaire de détournements et actes de violence mesquins, mais de pillage systématique, sacré et profane, privé et public”, dit Socrate à ses auditeurs dans le neuvième livre de *La République* de Platon. “Et pourtant, le vrai tyran est esclave de craintes et de servitudes hors comparaison, c’est un flatteur des plus vils des hommes, et si loin de trouver fût-ce la moindre satisfaction de ses désirs que presque tout lui manque et qu’il est réellement un pauvre homme, ainsi que peut le voir quiconque sait comment observer une âme. Tout au long de sa vie, il est rempli de terreur et souffre de

convulsions et de douleurs ; en fait, il ressemble à la cité sur laquelle il règne, il en est l'image vivante." Et Socrate de conclure : "Il n'est pas de cité plus misérable que celle que gouverne un tyran."

Bien que le tyran de Socrate soit une espèce universelle, vivante en tous temps et en tous lieux, l'Amérique latine semble avoir été particulièrement propice à son développement, même si le continent africain récemment et le bloc soviétique avant la chute du Mur lui font une concurrence sérieuse. Pourquoi un vaste quartier de la Terre devrait-il plus qu'un autre aligner un tel catalogue d'infamies, il n'est sans doute pas de réponse à cette question. Dans une lettre écrite en 1830, le libérateur Simón Bolívar prévoyait un tel état de choses, sans toutefois tenter de l'expliquer. "L'Amérique – Bolívar donnait à l'Amérique latine le nom du continent entier – est ingouvernable pour nous. Ceux qui servent la révolution labourent la mer. La seule chose à faire en Amérique, c'est émigrer. Ce pays tombera infailliblement entre les mains d'une foule débridée de petits tyrans presque trop piètres pour attirer l'attention et de toutes couleurs et toutes races."

La réalisation de la prophétie de Bolívar permit à Carlos Fuentes, moins d'un siècle et demi plus tard, de suggérer à ses amis écrivains latino-américains d'écrire chacun un roman sur leur tyran national et d'intituler la série : "Les pères de la Patrie". Fuentes avait compris que chacun des vingt-sept pays d'Amérique latine pouvait revendiquer (si l'on peut dire) au moins un tyran ; plusieurs avaient le choix entre deux ou davantage. Le projet, malheureusement, n'aboutit pas ; il suscita cependant plusieurs chefs-d'œuvre : en Colombie, *L'Automne du patriarche*, de Gabriel García Márquez ; au Guatemala, *Monsieur le Président*, de Miguel Angel Asturias ; au Paraguay, *Moi, le Suprême*, d'Augusto Roa Bastos ; au Pérou (mais avec pour cadre la république Dominicaine), *La Fête au bouc*, de Mario Vargas Llosa. Fuentes, pour sa part, publia en 1962 *La Mort d'Artemio Cruz.* À tous les protagonistes de ces romans, on peut appliquer la définition de Socrate.

La figure ténébreuse du tyran latino-américain a aussi attiré des écrivains d'Europe. Avec d'abord *Nostromo*, de Joseph Conrad, et puis *The Green Child (L'Enfant vert)*, d'Herbert Read ; *Le Consul honoraire* de Graham Greene et, plus récemment, *Le Dictateur et le Hamac*, de Daniel Pennac, les écrivains européens ont reconnu dans les tyrans d'outre-mer des versions exotiques de spécimens plus proches de chez eux. Parmi lesquels le plus complexe, le plus troublant est sans doute le protagoniste de *Tirano Banderas*, de Ramón del Valle-Inclán.

Né en 1886 dans l'un des districts les plus pauvres de la Galice rurale, Valle-Inclán parvint à entrer à l'université de Saint-Jacques de Compostelle et, après la fin de ses études, commença à travailler comme journaliste à Madrid. Sous l'influence des poètes modernistes (notamment Rubén Darío, qui vivait alors en Espagne), ses premières œuvres publiées étaient, ainsi que les appela un critique, des "effluves lyriques" décrivant un monde fait pour le plaisir humain, sujet à la volonté humaine, dans lequel le héros est l'amant-soldat, croisement entre le surhomme de Nietzsche et le Don Juan de Tirso de Molina. C'est sans doute au cours de son voyage en France en 1916 en tant que correspondant de guerre que Valle-Inclán changea radicalement d'opinion sur la guerre et les usages de la violence. De ses sympathies aristocratiques conservatrices (il s'était présenté comme candidat de droite à la Chambre des représentants en 1910 et avait échoué), l'écrivain quinquagénaire transféra son allégeance à la gauche (il se présenta de nouveau comme candidat, pour l'autre aile cette fois, et sans plus de succès). Afin de décrire le monde tel qu'il le voyait désormais, Valle-Inclán mit au point une prose âpre et sans ornement dans laquelle il écrivit les plus connus de ses pièces et romans. Il appelait ces textes des *esperpentos*, c'est-à-dire "choses grotesques et horribles", reflets déformés de motifs classiques de la littérature européenne. Le premier (et le meilleur) de ses romans *esperpentos* fut *Tirano Banderas*.

Tirano Banderas a pour cadre le pays sud-américain imaginaire de Santa Fe de Tierra Firme, inspiré de l'expérience de Valle-Inclán au Mexique, où il se rendit une première fois en 1892 en tant qu'écrivain débutant de trente-quatre ans et de nouveau en 1921 comme auteur reconnu. Après avoir subi la censure sous la dictature de Primo de Rivera, qui gouverna l'Espagne de 1923 à 1930 (Valle-Inclán fut brièvement emprisonné pour ses opinions anti-Rivera), il décida de transférer sa description de la tyrannie de Rivera vers les plus vastes paysages latino-américains qu'il avait connus, en partie afin de se servir d'éléments de la dictature de Porfirio Díaz au Mexique, en partie pour se sentir libre de contraintes documentaires. Primo de Rivera et Porfirio Díaz ne furent pas les seuls à inspirer le personnage de Santos Banderas. Dans une lettre à l'écrivain et philosophe Alfonso Reyes, Valle-Inclán expliqua que *Tirano Banderas* était "un roman au sujet d'un tyran dont les traits sont empruntés au Dr Francia, à Rosas, Melgarejo, López, Porfirio", tous des dictateurs latino-américains. Quelles que fussent ses sources, le succès de l'expérience fut immense. "Ce que j'ai écrit avant *Tirano Banderas* n'est que bagatelles, avoua-t-il au cours d'une interview. Ce roman est mon premier roman. Mon œuvre commence maintenant." Il avait alors soixante ans.

La biographie de l'homme appelé Santos Banderas, le Tyran, est composée de fragments, bribes de dialogue et brèves scènes d'action, dont l'effet "patchwork" est encadré par une structure d'une rigueur mathématique. À l'instar de la *Commedia* de Dante (que Valle-Inclán avait lue dans sa jeunesse et grandement admirée), la vie de Banderas est bâtie autour des chiffres trois et sept : un prologue et un épilogue, sept sections divisées en livres, sept livres dans la section centrale, trois dans chacune des six sections restantes. Leur nombre total est de vingt-sept (trois fois trois fois trois). En outre, l'histoire se passe en trois jours et trois moments déterminants la marquent : le premier dans le prologue, le deuxième à la moitié du roman, le dernier dans le troisième livre de la troisième section.

Une telle insistance numérique reflète peut-être la fascination de Valle-Inclán pour l'occulte, où les chiffres sept et trois ont une charge particulièrement numineuse. Ses principaux personnages sont réputés posséder des pouvoirs surhumains. Banderas est lui-même censé avoir signé un pacte avec le diable : il ne dort jamais, n'a aucun ami intime, semble capable des hauts faits les plus incroyables. Son opposant, Don Roque Cepeda, est touché, lui aussi, par une aura mystérieuse mais dans son cas ses tendances "occultes" ont pour origine ses études en théosophie, l'ancien système de croyances en vertu duquel celui qui cherche peut découvrir le fonctionnement de toutes choses visibles et invisibles ainsi que communiquer avec des fantômes. L'atmosphère du roman est entièrement imprégnée de fantastique. Bien que rien de cela ne soit explicite, il est constamment fait allusion à l'étrange, à ce qui n'est pas de ce monde, dans les superstitions locales, dans les commentaires des indigènes et jusque dans la description du paysage.

Banderas est presque pur *indio*, avec quelques gouttes de sang espagnol. Son tempérament est violent et sanguinaire ; il croit aux rumeurs et encourage la trahison chez ses ennemis, et pourtant il a tendance au puritanisme et affiche sa haine de l'adultère et de la prostitution. C'est un homme taciturne, aux gestes furtifs, toujours vêtu de noir comme un prêtre. Il a un regard perçant, farouche, qu'on ne peut jamais entièrement sonder ; sa parole est cérémonieuse mais trompeuse ; son rire strident et acide. Comme de nombreux tyrans latino-américains (pensez à Rosas, Stroessner, Videla), Banderas se considère comme un patriote mais, en vérité, seul le pouvoir absolu fait ses délices. Peut-être est-ce là le lien commun entre les tyrans d'Amérique latine : ils surviennent à cause de ce caractère "ingouvernable" que Bolívar abominait, sans contestation de la part de constitutions et de codes juridiques officiels qui, dans de nombreux cas, n'ont l'air de rien de plus que de fioritures rhétoriques dans un vaste spectacle baroque.

Ainsi qu'il convient à un tel baroquisme, la fin du tyran est opératique, une sorte d'accomplissement des rêves informulés de chacune de ses victimes. Entouré de ses ennemis dans le monastère de San Martín de los Monteses, Banderas sait que son heure est proche. Son geste ultime, afin d'empêcher que sa fille ne tombe aux mains de ses assaillants, sera de saisir une dague et de la frapper lui-même, avant de tomber mort sous une pluie de balles. On lui tranche la tête, qui sera exposée pendant trois jours sur la grand-place ; le reste de son corps sera coupé en quatre et chaque partie envoyée à l'une des quatre villes principales de Santa Fe de Tierra Firme.

Bien que les personnages qui entourent Santos Banderas soient eux-mêmes des êtres complexes aux multiples facettes, ce sont les foules anonymes et grouillantes autour de lui qui sont les plus puissamment vivantes. Soldats, indigènes, prostituées, serviteurs, prisonniers, paysans, diplomates et politiciens constituent un monstre organique toujours présent autour du tyran. Notre propre expérience au XXIe siècle le confirme : il n'est pas de tyran qui se fraie un chemin vers le pouvoir à coups de tweets et de cris sans une masse flagorneuse de supporteurs inconscients et sacrificiels.

CID HAMET BEN ENGELI

C'est le plus grand des écrivains dans la longue histoire de la littérature espagnole. Il n'écrivait pas en castillan mais en aljamiada, une langue romane que parlaient les Arabes convertis d'Espagne. De même que le ladino parlé par les juifs espagnols dans leur exil nord-africain, l'aljamiada est un mélange d'arabe et de castillan, une langue fleurie qui régna dans l'Espagne musulmane jusqu'en 1609, quand l'expulsion des morisques mit un terme brutal à sa pratique. Le roman qui lui a valu sa célébrité aurait pu être perdu pour nous, comme l'ont été ces autres grands livres dont les fantômes prestigieux hantent nos bibliothèques : l'épopée comique d'Homère,

le *Margitès*, qui était pour Aristote “l’ascendant de toutes les comédies”, ou le second volume de la *Poétique* d’Aristote, qui offre un motif au meurtrier dans *Le Nom de la rose*, d’Umberto Eco. Grâce à un certain militaire aux penchants littéraires du nom de Miguel de Cervantès Saavedra, le chef-d’œuvre fut sauvé.

Nous savons que Cervantès (lui-même nous le raconte) avait commencé à écrire l’histoire d’un vieux chevalier qui vivait dans un village d’Espagne dont il avait oublié le nom. Cervantès était alors en prison, accusé d’un crime qu’il affirme n’avoir pas commis. Peut-être est-ce à cause de cet emprisonnement injuste que lui vint à l’esprit l’image d’un homme plus ridicule et plus courageux que lui, un homme déterminé, contre vents et marées, à s’opposer à la quotidienne injustice de ce monde. Entre quatre murs humides, “où toute incommodité a son siège et tout triste bruit sa demeure”, se souvenant sans doute d’une ancienne et plus longue captivité sur la côte nord de l’Afrique, le prisonnier imagina un homme qui, refusant de se plier aux conventions trompeuses du monde, décide au contraire de n’obéir qu’aux normes de son éthique personnelle. À l’hypocrisie d’une société qui exigeait que les citoyens dissimulent leurs convictions intimes pour ne vivre que d’apparences, sa création, don Quichotte, opposait la vérité d’une liberté absolue, celle de choisir son propre code éthique et d’en faire parade face à ceux qui ne voulaient pas l’admettre.

Mais alors (cela aussi, Cervantès nous le raconte), étant arrivé au huitième chapitre de la mirifique histoire de son héros, il tombe en panne d’inspiration et met fin à sa chronique en plein milieu d'une aventure belliqueuse. Se sentant incapable de continuer, il se trouve un jour à flâner sur la place du marché de Tolède et aperçoit sur l'un des étals un manuscrit fatigué, rédigé en graphie arabe. Cervantès est de ces lecteurs qui lisent n'importe quoi, jusqu'à des bouts de papier déchirés trouvés dans la rue et, curieux de voir ce que pourrait être le sujet de ce manuscrit, il l'achète et se met à la recherche d'un traducteur. Il en trouve un sans grande difficulté car, Tolède ayant été longtemps l'un des centres de traduction les plus prestigieux d'Europe, on y trouve fréquemment, en dépit des lois d'expulsion, des traducteurs tant de l'arabe que de l'hébreu dans les rues du marché de la ville. Il emmène alors le traducteur chez lui et, au bout d'un mois et demi et après paiement de cinquante livres de raisins secs (la rémunération des traducteurs n'a guère augmenté depuis ces temps anciens), la version espagnole des aventures de don Quichotte est achevée. L'auteur du roman original l'avait signé Cid Hamet Ben Engeli.

Cervantès nous dit clairement qu'il n'est pas le père de son livre mais son beau-père, qu'il a reçu l'histoire mais n'en est pas l'inventeur. De siècle en siècle, les lecteurs ont choisi de ne pas le croire. Cervantès composant son livre en prison paraît plus vrai que Cervantès découvrant un manuscrit rédigé par Cid Hamet Ben Engeli. Et pourtant ces deux affirmations sont de la fiction et toutes deux sont véridiques. Le monde de Cervantès (comme le nôtre aujourd'hui) est une scène sur laquelle on joue des rôles inventés et l'on porte des masques.

À l'époque de Cervantès, les deux tiers de la population de l'Espagne, les musulmans et les juifs, avaient été bannis de la péninsule et seuls ceux qui se convertissaient ou feignaient de le faire étaient autorisés à rester en tant que nouveaux chrétiens. On les appelait les morisques (musulmans convertis) et les marranes, ou *conversos* (juifs convertis). La liberté religieuse qui avait été garantie par la couronne espagnole dans les traités de capitulation après la prise de Grenade en 1492, fut abrogée sept ans plus tard. Entre 1605 (quand fut publiée la première partie de *Don Quichotte*) et 1615 (quand parut la seconde), la couronne espagnole prit la décision d'expulser également ces nouveaux chrétiens, affirmant que les conversions étaient trompeuses et simulées. Dans un tel monde, les apparences prennent le pas sur la substance et la perception sur les faits.

Le préjugé se devant d'éviter la complexité, la multiplicité des peuples arabophones – Arabes d'Al-Andalous, de Tunisie, d'Algérie, du Maroc, de Turquie, des divers pays du Proche-Orient – fut réduite à l'appellation de "Mores". Les Mores, qu'ils fussent exilés depuis longtemps ou non, fidèles à leurs convictions ou convertis à la foi du Christ, furent considérés comme l'ennemi, la définition de ce qu'un "vieux chrétien" espagnol n'est pas. Alors pourquoi un écrivain espagnol en reconnaîtrait-il un autre en tant qu'auteur de son œuvre – et pas n'importe quel autre, mais un représentant des peuples qui étaient bannis de son pays, des peuples de ce qui était désormais "l'autre rive", des sauvages qui, dans l'imagination populaire, prenaient leur revanche sur la chrétienté en pillant et saccageant leurs villes et en attaquant les navires espagnols, à l'instar de ces pirates algériens qui l'avaient gardé prisonnier pendant cinq longues années ?

De telles incertitudes sont constantes dans le monde de Cid Hamet. Sa fiction adopte l'instabilité de la mémoire : ce fameux village de la Manche dont le nom sera délibérément oublié ; l'attribution incertaine des patronymes des personnages (celui du vieux gentilhomme est-il Quixada, Quesada ou Quixana ? Sancho s'appelle-t-il Panza ou Zancas ?) ; la subversion des conventions de la fiction lorsque don Quichotte et Sancho lisent leur propre histoire dans une imprimerie de Barcelone, usurpant ainsi l'identité du lecteur de chair et d'os. Tronquée par Cervantès en plein milieu d'une aventure après seulement huit chapitres, interrompue par l'interpolation de récits, d'essais et de poèmes, revenant au point de départ, la maison du chevalier, pour repartir sur la route, la narration rectiligne exigée par un texte aristotélicien devient, Cid Hamet lui-même en convient, un "fil sérancé, tors et dévidé". La réalité est fidèlement représentée comme une succession d'approximations et de fragments, une chronique qui admet et désavoue alternativement la vision du monde d'un fou (don Quichotte) ou d'un homme que la société considère comme fou (Alonso Quijano). Il est donc opportun, nécessaire même, que l'auteur qui nous présente cette réalité soit, lui aussi, fragmentaire et approximatif. Pour décrire l'indescriptible, l'auteur de *Don Quichotte* choisit en guise d'autoportrait le banni, celui qui, parce qu'il est d'ailleurs, peut le mieux percevoir ce qui gît au-dedans de la société qui l'exclut. *Don Quichotte* est, entre bien d'autres choses, le jeu de multiples paires d'ombres : Alonso Quijano et don Quichotte, don Quichotte et Sancho, Aldonsa Lorenzo et Dulcinée, Sancho et Alonso Quijano.

Auxquels Borges a ajouté l'*Über-double*, celui qui les absorbe et les oppose tous : Pierre Ménard, auteur au XXe siècle de *Don Quichotte*.

On oublie facilement que le roman de Cid Hamet que nous lisons est présenté comme une traduction, c'est-à-dire une œuvre littéraire jugée digne d'être reproduite en une autre langue que celle dans laquelle elle a été conçue, ce qui multipliait son lectorat et augmentait son prestige. Dans l'Espagne des XVe et XVIe siècles, le fait qu'un livre ait été traduit lui prêtait un cachet intellectuel. Il conférait à *Don Quichotte* un statut d'œuvre méritoire, à la fois moquerie et exaltation des lois médiévales de la chevalerie qui encourageaient ses héros à agir justement, quelles qu'en fussent les conséquences. Et pourtant, si agir justement en ce monde ne peut guère parvenir qu'à établir un idéal opposé à la constatation apparemment inévitable de l'injustice de la réalité, le seul fait d'écrire en faveur d'une telle justice devient alors en soi un acte de courage, une tentative de corriger le monde de Dieu en imaginant le bien en action.

Les lois de la chevalerie ne sont pas en elles-mêmes les lois morales de don Quichotte ; la chevalerie est la forme qu'acquiert sa morale lorsqu'elle est appliquée dans le monde réel. Néanmoins, dans l'univers de don Quichotte, agir selon sa morale personnelle ne suffit pas pour jouer le rôle de Dieu. Nos actions morales n'ont de conséquences morales que si elles accomplissent ce que Dieu seul peut concevoir mais qui pour nous, ses instruments, reste insondable. Une action volontairement juste n'a pas nécessairement pour résultat que justice soit faite : c'est là le domaine de Dieu seul. Nous nous trouvons ici dans une tradition coranique plutôt que chrétienne ; le

Coran dit : "Que celui qui le veut choisisse la voie qui mène à son Seigneur. Mais vous ne pouvez vouloir que par la volonté de Dieu." Ce peut être par la volonté de Dieu que Don Quichotte croit à la justice, mais la promesse ne s'étend pas aux conséquences de ses actes. De même que l'endurance est accordée à Job afin qu'il élève vers Dieu le miroir de la souffrance, ainsi don Quichotte élève vers Dieu le miroir de Sa propre justice.

Mais est-ce encore vrai ? Notre génération veut que l'écrivain soit un héros, une star. Nous voulons que Cervantès joue son rôle de renégat, celui d'un fils d'éventuels convertis de force, celui d'un captif atteint du syndrome de Stockholm qui a appris dans les prisons d'Alger à aimer ses ravisseurs mores et, à travers eux, la culture expulsée d'Al-Andalous. Nous voulons voir dans l'attribution de la paternité littéraire à Cid Hamet Benengeli un geste de restauration ou de rétribution et dans les hommages occasionnels à la culture arabe un geste de défi ou de réticence à oublier. Dans les défauts attribués aux Mores dans le livre, nous préférons voir des traits réalistes de ses personnages, à l'instar des voix racistes dans *Au cœur des ténèbres* ou antisémites dans *Le Marchand de Venise*. Nous voulons que Cervantès nous démontre qu'au milieu des préjugés, de l'ambition tyrannique et des politiques d'expulsion, un artiste peut trouver des façons de donner voix à une protestation, de garder déployée pour nous, lecteurs, la bannière humanitaire. Nous voulons que l'auteur nous allège la conscience, que Cid Hamet nous rachète.

Malheureusement, ce peut n'être là guère plus qu'un vœu pieux. Il est possible que l'attribution par Cervantès de *Don Quichotte* à Cid Hamet n'ait été qu'une astuce littéraire, un peu comme lorsqu'un auteur de polars choisit comme coupable le personnage le moins probable : non pas à cause du poids symbolique de ce choix mais parce que, du point de vue dramatique, c'est le plus efficace. Il est possible que les opinions de Cervantès à propos de la question more aient été aussi confuses et contradictoires que celles du premier venu et, puisqu'il n'écrivait ni un pamphlet politique ni un compte rendu historique, qu'il ne se soit pas soucié du manque de clarté de ses convictions du moment que l'histoire se déroulait plaisamment. Il est possible que Cervantès ne soupçonnât pas que dans un avenir lointain ses lecteurs voudraient savoir ce qu'un écrivain avait à dire à propos de sa société, et pas seulement comment allait se terminer sa fiction. Il est possible que Cervantès n'ait pas deviné que ce que nous entendons aujourd'hui par vérité n'est plus la sagesse intime d'un conte mais la présentation de faits en ordre chronologique et dans un cadre statistique confirmé par des preuves documentées. Les écrivains se plaignent aujourd'hui qu'on leur demande d'exprimer des opinions sur tout et n'importe quoi, de l'alimentation à la mode et de la morale à la politique du genre. Dans cette veine, nous demandons à des écrivains morts depuis longtemps de commenter eux aussi ces choses-là – Homère, la guerre, Sophocle, les femmes, Shakespeare, les juifs, Voltaire, les devoirs civiques – et prenons dès lors pour acquis qu'ils voulaient que leurs œuvres nous enseignent tout cela. Nous oublions que la fiction n'est ni comptabilité ni dogme et ne délivre ni message ni catéchismes. Au contraire, elle se repaît de l'ambiguïté, des opinions mal ou pas dégrossies, des suggestions, intuitions et émotions.

Nous pouvons, bien entendu, essayer à présent de faire parler Cid Hamet pour nous et nous pouvons interroger ses pages un peu comme, au Moyen Âge, les lecteurs cherchaient des réponses dans les vers de Virgile, faisant parler les *sortes virgilianae*. Nous pouvons obtenir d'un livre qu'il fasse la conversation avec nous, qu'il accorde à chacun d'entre nous le plaisir délégué de vision de l'avenir et de rébellion, et se dresse héroïquement contre l'obscurité de son temps – attitude qui eût sans doute fort surpris le pauvre Cid Hamet.

Le génie, nous le savons bien, se manifeste rarement du côté des anges, et c'est seulement parce que nous associons grand art et vertu que nous imaginons que les grands artistes sont eux-mêmes bons et vertueux. Qui était Cervantès, et ce qu'il peut avoir pensé de l'Espagne et de sa politique, au bout du compte cela compte peu. L'important, c'est qu'aujourd'hui, pour les lecteurs de *Don Quichotte*, la présence souveraine de Cid Hamet nous rappelle qu'une culture rejetée ne sera pas facilement réduite au silence, que l'absence dans l'histoire a autant de poids que la présence et que la littérature est souvent plus sage que les plus sages de ses pratiquants.

JOB

La question, c'est : qu'est-ce qu'il attend ?

C'était, nous dit le Livre saint, un homme intègre et droit, craignant Dieu et se gardant du mal. Il était marié et avait sept fils, trois filles, sept mille moutons, trois mille chameaux, cinq cents paires de bœufs, cinq cents ânesses et un très grand nombre de serviteurs ; il était le plus grand de tous les hommes de l'Orient. Bien que le bonhomme n'eût pas fait de mal à une mouche, il se levait tôt le matin pour offrir des holocaustes en fonction du nombre de membres de sa maisonnée, au cas où l'un de ses enfants aurait péché et offensé Dieu dans son cœur.

“Prudence vaut mieux que regrets”, disait-il volontiers. Et c’est ainsi que les jours et les nuits passaient agréablement pour Job dans la satisfaction de son grand âge, entouré de sa famille et de ses troupeaux, de festin en joyeux festin et de sacrifice en sacrifice reconnaissant.

Une conduite aussi parfaite agaça Satan, principalement parce que Dieu n’arrêtait pas de citer “mon serviteur Job” en preuve de la dévotion de l’humanité à Son autorité. “Bon, évidemment, disait Satan, si tu lui donnes tout ce qu’il désire, pas étonnant qu’il soit reconnaissant. Une maison splendide, des repas succulents, des chameaux au poil luisant, des gosses obéissants, des serviteurs fidèles… Avec de tels bienfaits, n’importe qui peut être vertueux. Mais voyons ce qui se passerait si tu le privais de tout cela.”

Dieu ne pouvait pas refuser un défi, et il ne faisait pas non plus les choses à demi. Il permit à Satan de faire ce qu’il voudrait du moment qu’il ne touchait pas à Job. Le lendemain, les Sabéens firent une descente sur les terres de Job et volèrent ses bœufs et ses ânesses, un feu tombé des cieux sur la terre brûla tous ses moutons, les Chaldéens emportèrent ses chameaux, et un grand vent venu du désert provoqua l’effondrement du toit sur les enfants de Job pendant qu’ils mangeaient et buvaient du vin, et les tua. Apprenant tous ces affreux événements, Job bénit le nom du Seigneur, déchira son manteau, se rasa le crâne et tomba à genoux dans une attitude d’adoration, acceptant son sort sans dire un seul mot contre son Créateur.

Dieu ressentit un terrible plaisir et se glorifia auprès de Satan de l’attitude exemplaire de Job. “As-tu vu comme il se conduit bien, même après que je l’ai dépouillé de tout ce qu'il possédait ? Pas de regrets, pas de récriminations. – Certes, admit Satan. Mais c'est parce qu'il ne souffre pas de tout cela dans sa propre chair. Étends ta main, à présent, et touche ses os et sa chair, et il te maudira sans détour." Convaincu de l'intégrité de Job, Dieu permit qu'il fût atteint d'ulcères douloureux de la plante de ses pieds au sommet de son crâne. Et, là encore, Job ne proféra pas la moindre plainte mais se borna à prendre un tesson de poterie pour gratter ses plaies irritées, et s'assit sur la cendre. Son épouse n'en pouvait plus. "Fais quelque chose, espèce d'idiot !" criait-elle. Mais Job garda le silence.

Ses amis (parce que c'est pour cela que sont faits les amis) tentèrent de le convaincre qu'il existait à la malédiction divine qui l'affligeait une explication logique, que des choses pareilles n'arrivaient pas sans raison, et que Job ne s'était peut-être pas comporté aussi impeccablement qu'il semblait l'avoir fait. Mais Job insistait : il avait toujours agi selon la loi, et pourtant quel simple mortel peut saisir les motifs qui guident la main du Tout-Puissant ?

Maimonide, dans son *Guide des égarés*, explique que selon les philosophes (il entendait par là : Aristote), Dieu ne connaît et ne peut connaître chacune des petites choses qui ont lieu dans le domaine des humains, et cela pour plusieurs raisons : parce que la connaissance des détails est appréhendée par les sens (et Dieu, n'ayant pas de corps, n'a pas de sens corporels) ; parce que les détails sont en nombre infini (et l'infini, par définition, ne peut être connu même par Dieu) ; et enfin parce que les détails sont les fruits du temps et que, comme ils changent, la connaissance qu'en a Dieu devrait changer également (or Dieu n'est pas sujet au changement). Aristote, dit Maimonide, au lieu de taxer Dieu d'injustice ou d'impuissance, ne lui impute que l'ignorance. Le Dieu de Job permet qu'il souffre parce qu'il ignore les détails de la souffrance de Job et ne peut ni compter tous ses descendants ni inspecter tous ses chameaux.

Maimonide expose alors son point de vue personnel. Dieu n'applique qu'aux humains sa divine providence. "C'est uniquement chez cette espèce, dit-il, que toutes les affaires des individus ainsi que le bien et le mal qui leur arrivent sont en accord avec leurs mérites." Et il ajoute : "Mais pour tous les autres animaux, et d'autant plus pour les plantes et autres créatures, mon opinion est celle d'Aristote : tout ce qui leur arrive est, à mon avis, pur hasard." Dieu se soucie des fils de Job et autorise leur châtiment pour Dieu sait quelle raison. Le sort des chameaux, ce n'est pas son affaire.

Pour de nombreux lecteurs, Job est le modèle du citoyen parfait. Quand tout va bien, il est reconnaissant. Quand tout va mal également. Il se plaint rarement, ne demande jamais rien et, surtout, il admet toujours que son Seigneur et Maître fasse tout ce qu'il lui plaît de faire. Pour Job, pas de syndicats ni de corporations de travailleurs, pas d'associations de retraités âgés, pas de groupements de citoyens concernés, pas d'Amnesty International. A-t-il perdu ce qu'il possédait par la faute de juristes chaldéens vénaux ? Sa maison s'est-elle effondrée parce que les agents immobiliers sabéens avaient empoché une bonne partie du budget de construction ? Est-il tombé malade et l'hôpital lui a-t-il fait savoir que son assurance ne couvre pas le traitement requis ? Est-il exploité au travail, ses enfants disparaissent-ils aux mains de la police pas-si-secrète ? Job baisse la tête, répète humblement l'affirmation sédative selon laquelle un simple mortel est incapable de saisir les raisons qui guident le Tout-Puissant et refuse d'accuser son Seigneur et Maître.

Dans la fable biblique, Job gagne, à la fin. Le théologien Jack Miles suggère que, tout bien considéré, Job a réussi à imposer le silence à Dieu. Dieu (le dieu du livre de Job) ne parle plus jamais. Reconnaissant que Job a triomphé de toutes ces adversités délibérées, Dieu décide en silence de récompenser son serviteur pour sa grande dévotion et accorde à Job le double de ce qu'il lui a pris. Tel est l'heureux dénouement.

Mais dans la vraie vie, les choses sont quelque peu différentes. Job continue à souffrir sans la moindre récompense en vue. La question est : combien de temps Job se soumettra-t-il ? Combien de choses encore devront lui être enlevées avant qu'il reconnaisse que ces actes injustes sont totalement inacceptables ? À quel moment demandera-t-il, tel un juriste romain, *Cui bono*, à qui tout cela profite-t-il ? Qui s'est approprié ses troupeaux, ses terres, les fruits de son labeur ? Qui est responsable de la mort de ses enfants ? Quand un homme a-t-il l'obligation de se défendre contre les décisions arbitraires de ceux qui sont au pouvoir ? De combien de droits devra-t-il encore être dépouillé avant que Job ne dise : “La coupe est pleine” ?

Le pari de Satan est toujours ouvert.

QUASIMODO

Un jour des années 1930, une riche matrone argentine se promenait dans le parc de Palermo, au cœur de Buenos Aires, lorsqu'elle aperçut soudain une vieille mendiante. La roseraie est l'un des éléments remarquables du parc, et la dame adorait s'y promener chaque matin en admirant les couleurs et les parfums des fleurs. La vision de cette mendiante, de son visage couvert de verrues, de ses dents jaunes et de son gros nez l'offensait. C'est pourquoi, afin de ne plus revoir ces traits déplaisants, elle offrit à la mendiante de lui payer une somme hebdomadaire si elle s'abstenait de fréquenter cet élégant jardin. Fière de son geste, la curieuse philanthrope raconta

dans la presse qu'elle avait agi "pour la défense de la beauté". Cela ne devrait pas nous étonner : à la fin du XIXe siècle, aux États-Unis, des lois familièrement appelées *"ugly laws"* (lois sur la laideur) interdisaient aux individus affligés de difformités physiques de fréquenter les lieux publics, et ces lois demeurèrent effectives dans plusieurs villes jusque dans les années 1970. Si éclairés que nous pensions être, en privé ou en public nous considérons la laideur comme un délit.

De même que la beauté, selon le vieux poncif, la laideur est dans l'œil du regardeur. Une telle variation sur *esse est percipi* est assurément vraie, mais la laideur est aussi un concept né du sentiment que nous avons de la nécessité des contraires. Aristote disait, dans sa *Métaphysique*, que les principales caractéristiques de la beauté sont "l'ordre, la symétrie et la précision" ; nous pouvons donc en déduire que celles de la laideur sont le désordre, l'asymétrie et l'imprécision.

Le grand paradoxe de l'esthétique est que (peut-être par pur esprit de contradiction) nous tentons de voir ce que les conventions déclarent beau ou laid à partir d'un point de vue qui dément les hypothèses admises : un beau visage comme d'une régularité ennuyeuse, inexpressif ou banal ; un visage laid comme intéressant, vivant, *jolie laide**. De nombreuses cultures enlaidissent la beauté et embellissent la laideur. Les femmes qui tissent les tapis navajos et les Amish qui fabriquent des courtepointes en patchwork, les calligraphes islamiques et les constructeurs de bateaux turcs incorporent tous délibérément dans leurs œuvres des imperfections ou (selon la formule d'un érudit) des "accidents maîtrisés" pour témoigner du talent de l'artiste et aussi de la conviction que ce qui est parfait n'appartient qu'à leur dieu. Des potiers japonais embrassent le concept de *wabi-sabi* qui, ainsi que l'explique Crispin Sartwell, voit de la beauté dans ce qui est "fané, décrépi, terni, grêlé, intime, grossier, terreux, évanescent, mal assuré, éphémère", ne se contentant pas de saper par là non seulement les notions conventionnelles de ce qui est plaisant mais forçant aussi les spectateurs à modifier leurs perceptions traditionnelles. La célèbre laideur de Socrate est transformée par le dialogue en une beauté intellectuelle qui ne se dégradera pas comme la beauté du corps ; un tel changement conceptuel fait naître la question de savoir s'il est équitable de ne juger quelque chose ou quelqu'un qu'à partir d'un seul ensemble de paramètres unique et contraignant.

Si de telles notions apparemment simples – ce qui est laid, ce qui est beau – varient dans de telles proportions, peut-être faudrait-il remettre en question la totalité de la panoplie de certitudes sur laquelle reposent nos jugements. Non pas, bien entendu, en balayant pêle-mêle toutes nos valeurs, mais en considérant plus attentivement les façons dont les enseignements culturels, l'expérience personnelle et les conventions admises façonnent notre œil et notre palais. "Demandez à un crapaud ce que c'est que la Beauté, a écrit Voltaire, il vous répondra que c'est sa femelle avec deux gros yeux ronds sortant de sa petite tête."

De tous les visages laids qui hantent les pages de nos livres, celui dont la nature est la moins définissable est celui du bossu de Notre-Dame, le Quasimodo de Victor Hugo. Face à la hideur de ses traits, son auteur lui-même s'avoue vaincu : "Nous n'essaierons pas de donner au lecteur une idée de ce nez tétraèdre, de cette bouche en fer à cheval, de ce petit œil gauche obstrué d'un sourcil roux en broussaille tandis que l'œil droit disparaissait entièrement sous une énorme verrue, de ces dents désordonnées, ébréchées çà et là, comme les créneaux d'une forteresse, de cette lèvre calleuse sur laquelle une de ces dents empiétait comme la défense d'un éléphant, de ce menton fourchu, et surtout de la physionomie répandue sur tout cela, de ce mélange de malice, d'étonnement et de tristesse. Qu'on rêve, si l'on peut, cet ensemble."

C'est ce que nous avons fait : nous l'avons rêvé. Non seulement depuis la parution du roman de Hugo en 1831 mais aussi longtemps avant, depuis nos premiers cauchemars, quand des Quasimodo primitifs rôdaient dans les villages troglodytes, effrayant les chasseurs de mammouths. Si ce que dit le livre de la Genèse est vrai, Quasimodo fut créé à l'image d'un Jéhovah horrible, terreur de ses anges et des démons. Aujourd'hui, il est cet autre qui nous renvoie nos traits dans un miroir déformé, l'individu que nous essayons de ne pas être, de ne pas offrir au monde comme notre personne. Nous nous pomponnons, nous apprêtons, nous parons et nous coiffons, nous nous fardons et nous déguisons afin de ne pas donner à voir des traits qui pourraient ne pas plaire. Nous savons, comme l'évêque Berkeley l'a expliqué, que nous n'existons que dans le regard qui nous perçoit.

La question d'Hamlet n'est pas celle de Quasimodo : Quasimodo demande seulement qu'on l'autorise à être. Il voudrait avoir les mêmes droits que les autres, jouir du changement des saisons, de la compagnie d'amis, de la contemplation de la beauté. Il demande à n'être pas asservi aux apparences, à pouvoir agir en conformité avec ses émotions et ses pensées, et non comme un miroir horrifiant pour les autres. Il ne veut pas être l'incarnation de peurs venues d'ailleurs. À l'instar de l'audacieux jeune homme au trapèze volant dans la nouvelle de William Saroyan, il pourrait avoir l'idée de rédiger *Une demande d'autorisation de vivre*. Il n'y pense pas.

La contradiction entre ce qui gît au-dedans et ce qui se dresse au-dehors, entre ce qui est visible et ce qui est caché, est un lieu commun littéraire et pourtant nous continuons à nous y laisser prendre lorsque nous rencontrons cette contradiction dans la vraie vie. La douceur des yeux dont il s'avérera que ce sont ceux de Klaus Barbie, les sourcils froncés et les lèvres serrées de Mère Teresa sur ses portraits, la moustache ridicule et l'air idiot tant d'Hitler que de Charlie Chaplin ne nous enseignent pas grand-chose. Nous continuons à croire qu'un visage comme celui de Quasimodo ne peut recéler rien de bon.

Et pourtant, en ce qui concerne sa personne, Quasimodo est le contraire de son apparence physique. De même que les jolies fleurs qu'il montre à Esmeralda dans leur pot en terre (qui, dans son bizarre esprit métaphorique, sont une image de lui-même) afin qu'elle puisse les comparer aux fleurs fanées dans un vase de cristal taillé (image de son rival, le capitaine Phoebus), Quasimodo sait que sa beauté est intérieure et que personne ne fait l'effort de la voir. Il peut aimer, se montrer généreux, brave, reconnaissant (même, du moins au début, envers le fanatique archidiacre Frollo) ou amoureux (de plus en plus amoureux d'Esmeralda). Rien de tout cela n'importe. Il est d'une laideur monstrueuse, et c'est elle qui le définit, comme sa colossale beauté définit l'édifice qui prête son nom au roman. Voici une notion dangereuse, cette allusion à une vérité cachée. Si, sous la bosse, les dents de travers, les yeux mal foutus, Quasimodo est un type génial, alors qu'est-ce qui se cache sous les pierres splendidement taillées et les vitraux de Notre-Dame ?

Vingt-cinq ans après la publication du roman, Hugo posait la même question dans *Les Contemplations* :

Une parole peut sortir du puits farouche ;
Ne la demande pas. Si l'abîme est la bouche,
Ô Dieu ? Qu'est-ce donc que la voix ?

CASAUBON

M. Casaubon est un rat de bibliothèque, un prisonnier dans sa tour d'ivoire, un gentilhomme littéraire sans éclat particulier, un lecteur pour qui le monde réel n'existe qu'en tant qu'intrus dans son cabinet de travail. C'est (selon Mme Cadwallader), “une grande vessie dans laquelle on peut faire s'entrechoquer des pois secs”, un pédant qui s'exprime avec une précision pointilleuse, “comme si on l'avait invité à faire une déclaration publique”. Personne ne le dirait beau. Les amies de Dorothea Brooke le qualifient de momie, font remarquer avec dégoût les deux verrues blanches et poilues qui ornent son visage et comparent son teint cireux à celui d'un

*cochon de lait**. Il est l'incarnation de tous les clichés dont la société accable l'intellectuel : renfermé, misanthrope, tout sauf sexy. Du "fou de livres" des humanistes au XVe siècle à l'*alter ego* de Superman (Clark Kent) et à la Matilda de Roald Dahl à notre époque, on a décrit le lettré timide, le bibliothécaire ou simplement le lecteur comme un pauvre empoté à lunettes, un être dérisoire aux yeux du public. Quand Jo, dans *Les Quatre Filles du docteur Marsh*, confie les nouvelles qu'elle vient d'écrire au magazine dont elle espère qu'il les publiera, elle le fait furtivement : elle craint qu'on se moque d'elle et de sa tentative, et même lorsqu'elle en fait confidence à son ami Laurie, elle lui fait jurer le secret. Le philosophe égyptien Hypatia (dans la vie réelle comme dans le roman de Charles Kingsley qui porte son nom) est assassiné par une foule intolérante. Julien Sorel, au début de *Le Rouge et le Noir*, est battu par son père pour avoir lu un livre. Jo, Hypatia, Julien et M. Casaubon savent tous que le vaste monde agité n'éprouve aucun respect pour l'activité intellectuelle.

Le jeune docteur Lydgate, par exemple, est un adepte de la préférence si décriée du révérend Edward Casaubon. Lydgate possède "une voix généralement grave et sonore, mais capable de devenir très douce et caressante au bon moment". Il ne se targue pas de bravoure mais reconnaît qu'il prend "beaucoup de plaisir à [se] battre". Il n'est pas qu'un homme d'action : quoi qu'il fasse, quand il s'arrête il est susceptible de prendre un livre, l'histoire de *Rasselas* de Samuel Johnson ou *Les Voyages de Gulliver*, par exemple, mais un dictionnaire fera l'affaire, ou la Bible, du moment qu'on y trouve les Apocryphes. Quelque chose à lire lorsqu'il n'est ni à cheval, ni en train de courir, de chasser ou d'écouter parler d'autres hommes. On dit de lui qu'il peut faire tout ce qu'il veut, mais il n'a certainement pas encore voulu faire quoi que ce soit de remarquable. C'est un animal vigoureux, doué d'une intelligence alerte, mais nulle étincelle n'a encore éveillé en lui une véritable passion intellectuelle ; il considère la connaissance comme une affaire très superficielle, aisément maîtrisée. Contrairement à Lydgate, le révérend Casaubon sait que l'essence des activités intellectuelles réside dans leur difficulté.

Avant sa première rencontre avec Casaubon, Dorothea Brooke éprouve à l'égard de ce lettré inconnu "une sorte de vénération anticipée". Casaubon est "réputé pour son profond savoir" et l'on sait depuis plusieurs années qu'il travaille "à un grand ouvrage portant sur l'histoire religieuse" ; on le dit aussi "pourvu d'une richesse suffisante pour donner du lustre à sa piété, et de conceptions personnelles dont on serait mieux informé quand son livre serait publié". Jusqu'à son nom (écho de celui d'Isaac Casaubon, un grand érudit du XVIIe siècle) qui possède un caractère dont le génie est difficilement appréciable sans une connaissance précise de la chronologie de l'érudition. Après l'avoir rencontré, Dorothea se dit que c'est l'homme le plus intéressant qu'elle ait jamais vu. Desdémone pensait la même chose du More qui lui faisait la cour avec ses fantastiques récits d'aventures.

Edward Casaubon est un homme qui se consacre entièrement à son grand œuvre. Son ambitieuse *Clef de toutes les mythologies* (*magnum opus* destiné à rester inachevé) précède de six décennies *Le Rameau d'or*, de James Frazer, et de plus d'un siècle *Le Héros aux mille et un visages*, de Joseph Campbell. S'il l'avait achevé, Casaubon aurait sans doute pris place parmi les plus grands érudits de tous les temps. Homme d'Église, Casaubon voit la révélation chrétienne reflétée dans toutes les civilisations depuis le commencement de nos histoires, mais déformée dans des miroirs imparfaits qui reflètent cependant certaines vérités essentielles et universelles. Casaubon est un poststructuraliste. George Eliot, partisane convaincue du pragmatisme germanique, paraît sceptique quant aux capacités intellectuelles de son personnage et dit de la théorie des éléments de M. Casaubon qu'elle "ne risquait pas de buter sur des découvertes inopinées ; elle flottait parmi des conjectures indécises". Et d'ajouter : "Elle ne risquait pas plus d'être arrêtée qu'un projet de relier les astres par des fils." George Eliot se rit des constellations.

Le révérend Casaubon souhaite trouver une âme sœur, qui serait aussi son assistante dans la grande entreprise à laquelle il a voué sa vie, une âme en quête d'une vérité transcendante. On a accusé Casaubon de n'avoir voulu qu'une esclave, une bonne à tout faire chargée de remettre ses affaires en ordre, mais tel n'est absolument pas le cas. Dans ce que Borges considérait comme l'un des meilleurs romans policiers jamais écrits, *The Red Redmaynes*, d'Eden Philpotts, l'idée que se fait le protagoniste de la compagne idéale est exprimée en ces termes : "Mark Brendon était vieux jeu et les femmes nées de la guerre ne l'attiraient pas du tout. Il leur reconnaissait de belles qualités et souvent un esprit remarquable, mais son idéal remontait à un autre type plus ancien – celui de sa propre mère qui, étant veuve, avait tenu son ménage jusqu'à sa mort. Paisible, compréhensive, fiable, faisant toujours passer ses intérêts à lui avant les siens, plus intéressée par sa vie à lui que par la sienne et trouvant dans ses progrès et ses réussites le cœur même de sa propre existence, elle était son idéal féminin." Casaubon souhaite en effet que Dorothea adopte ses intérêts, mais seulement si elle peut travailler avec lui, non comme une servante mais comme une intelligente assistante. Casaubon veut que Dorothea se concentre sur sa vie à elle, même s'il a des idées précises quant à la meilleure direction dans laquelle cette vie devrait évoluer.

Pourquoi Dorothea épouse-t-elle Edward Casaubon ? Parce qu'elle voit en lui un homme capable de comprendre la vie intérieure la plus élevée et avec lequel pourrait exister une communion spirituelle, un homme capable d'éclairer les principes grâce aux connaissances les plus étendues, un homme dont le savoir vaudrait presque preuve de ses convictions, quelles qu'elles fussent. C'est ainsi que, lorsque son oncle l'informe des intentions du révérend, elle accepte avec joie : "Ce serait un grand honneur pour n'importe qui de lui tenir compagnie."

Mais serait-ce nécessairement un grand honneur pour n'importe qui d'être le compagnon de Dorothea ? Certes, elle aime participer à des discussions intellectuelles et enrichir ses connaissances en histoire et en art, mais seulement jusqu'à un certain point : ce point atteint, elle s'ennuie. Dans ses moments de déprime, Dorothea s'aperçoit que les livres ne servent à rien, que même penser ne sert à rien. Hélas pour le mariage tant désiré de deux esprits sincères ! Dans le dernier paragraphe du roman, souvent cité, Dorothea est décrite comme faisant partie du "nombre d'êtres qui mènent fidèlement une vie cachée avant de reposer en des tombes délaissées". Admirable, nul doute. Et pourtant, quel attachement justifierait l'abandon d'une entreprise érudite, artistique ou intellectuelle pour une personne aussi douce, aussi vite lassée ? Lorsque Casaubon, vers le milieu du roman, le jour avant la crise cardiaque qui lui sera fatale, demande à Dorothea de lui promettre qu'elle se pliera après sa mort à ses désirs (non précisés), elle se sent incapable d'y consentir parce que, pense-t-elle, la différence est grande entre le dévouement au vivant et la promesse indéfinie de dévouement au mort. Si elle acceptait, ce serait, lui semble-t-il, comme si elle disait "oui" à sa propre condamnation. "Non ! décide-t-elle, si vous mourez, je ne toucherai pas du bout du doigt à votre ouvrage." Là s'arrête le désir qui l'animait d'assurer une compagnie intellectuelle. Elle a, c'est évident, le droit de s'apercevoir que cette vie n'est pas la meilleure pour elle, mais alors, quid de ses promesses ?

Durant leur lune de miel à Rome, Dorothea apprend que Casaubon ne souhaite pas profiter de sa proposition de l'aider dans ses recherches aux archives du Vatican. Mais elle croit que les véritables intentions de son mari sont ailleurs. "Assurément, je suis dans un étrange état d'esprit, un état d'égoïste faiblesse, se dit-elle. Comment puis-je avoir un mari qui m'est tellement supérieur sans savoir qu'il a moins grand besoin de moi que moi de lui ?" Mais c'est là toute la question. W. H. Auden l'exprime ainsi : "Si des affections égales ne se peuvent, que je sois le plus aimant." Il s'agit ici de Casaubon, et il aurait été horrifié de découvrir à quel point son épouse le comprenait peu. Quelles qu'aient pu être les opinions de l'auteur, nous remarquons bientôt que Casaubon se montre vis-à-vis de Dorothée amoureusement protecteur (peut-être trop). Elle, toutefois, a l'impression de vivre "un cauchemar de vie où tout élan était paralysé par la crainte". Mais que ressent Casaubon ? Selon Eliot : "Le pauvre M. Casaubon se méfiait des impressions de tout le monde sur son compte, surtout en qualité de mari. Permettre aux gens de le croire jaloux serait reconnaître le bien-fondé des idées qu'il leur attribuait quant à ses déficiences : en avouant qu'il ne trouvait pas dans le mariage une félicité particulière, il paraîtrait implicitement se convertir à leur (probable) réprobation initiale." Ce serait aussi grave, dit Eliot, que de laisser paraître à ses confrères le retard qu'il avait pris dans l'organisation de sa *Clé de toutes les mythologies*. M. Ramsay, dans *La Promenade au phare*, croyant que l'on peut suivre les progrès de la pensée humaine en ordre alphabétique, chaque concept successif étant représenté par une lettre, y a réfléchi avec application de A à Q ; il n'arrivera jamais à R, toutefois. Bouvard et Pécuchet, les deux bouffons de Flaubert, n'arriveront jamais au bout de leur encyclopédie universelle. Pareillement, M. Casaubon n'achèvera jamais sa *Clé* colossale. De telles Babel intellectuelles sont, de par leur essence même, des tâches impossibles. Kafka a écrit : "S'il avait été possible de bâtir la tour de Babel sans l'escalader, cela aurait été permis."

Néanmoins, malgré la crainte que lui inspirent tous ces projets qui pourraient, étant irréalisables, devenir une charge plutôt qu'une aide, Dorothea accepte avec gratitude de petites concessions telles que l'offre de M. Casaubon de lui enseigner les langues. Mais ce n'est pas seulement par dévouement à son futur époux qu'elle souhaite connaître le latin et le grec. Elle considère ces "provinces du savoir masculin", ainsi qu'elle les appelle, comme un point d'appui à partir duquel toute vérité pourrait être vue fidèlement. C'est là le point fixe que sainte Thérèse d'Ávila (à qui Eliot la compare) cherchait sur la voie de la perfection. En ce sens, sainte Thérèse était plus proche, dans sa conception du devoir spirituel, du révérend Casaubon que de Dorothea. Parce que, contrairement à sainte Thérèse, Dorothea ne cesse de douter de ses propres conclusions et de se lamenter de sa propre ignorance. "Comment se fût-elle tenue pour certaine que les maisons d'une seule pièce ne contribuaient pas à la gloire de Dieu, écrit Eliot, lorsque des hommes qui connaissaient les classiques avaient l'air de concilier l'indifférence aux logements avec le zèle au service de cette gloire ?" L'objectif de Casaubon est la recherche de la connaissance en elle-même, dont la réalisation, dans toute sa plénitude, gît toujours au-delà de l'horizon. Si, persévérant dans sa propre quête de savoir, elle s'était, comme lui, rendu compte que l'entreprise est essentiellement désespérée et mérite néanmoins d'être tentée, Dorothea aurait pu trouver l'ombre d'une réponse.

SATAN

Que ce que nous appelons la conscience soit né de ce que nous appelons l'imagination, ou que ce fût le contraire, dès le tout début de l'âge humain nous avons commencé à nous raconter des histoires afin de tenter d'expliquer notre existence, et nous avons rêvé un être divin, une parole magique, un dragon, une tortue, une collision de matière et d'antimatière en guise de "Il était une fois". Pascal reprochait à Descartes de demander un "petit coup de pouce" aimablement fourni par un Créateur primordial, dont on n'a dès lors plus besoin, les histoires pouvant après cela se déployer toutes seules.

La scandaleuse réduction provoquée par le judaïsme des nombreux dieux anciens à une seule divinité omniprésente et omnisciente doit avoir paru trop déséquilibrée à une humanité habituée à un univers pythagoricien binaire. Tout ce que nous concevons a un envers, et bientôt un second personnage apparut sur la scène scripturale. Lui aussi était omniscient et omniprésent, quoique ultimement soumis à la volonté divine, et pourtant suffisamment habile pour tenter le Tout-Puissant en personne, comme dans les histoires édifiantes de Job et du Fils de Dieu dans le désert. Il était la ténèbre face à la lumière de Dieu, une force destructrice opposée à son énergie créatrice, une vérité alternative à la Vérité. Il reçut de multiples noms, dont Satan, Lucifer, Méphistophélès, Belzébuth, Mastema (dans les premiers textes rabbiniques), Iblis (dans le Coran) ou simplement le Diable (du grec *diabolos*, qui signifie "diffamateur"). Dans le livre des Jubilés (qui fait partie des Apocryphes), on apprend que lorsque Jéhovah décida après le Déluge de chasser les anges rebelles et de libérer les humains de la tentation, Satan persuada Dieu de bien vouloir l'autoriser à conserver dix pour cent des punis afin de continuer à tester, comme s'il s'agissait de rats de laboratoire, la foi des humains. À cause de son habileté à tromper, Jésus appelait Satan "le père des mensonges" (ce qui est aussi la définition d'un romancier).

Insatisfait de cette division absolue entre le Bien suprême et le Mal suprême, le poète soufi Al-Ghazali a imaginé un alibi pour Satan et écrit que lorsque les anges, sur l'ordre de Dieu, se prosternèrent devant un Adam fraîchement créé, seul Satan refusa, disant que l'ordre de Dieu était une mise à l'épreuve, parce “qu’à Dieu ne plaise que quiconque adore qui que ce soit d’autre que le seul Tout-Puissant”. Al-Ghazali ne raconte pas comment Dieu a récompensé son serviteur fidèle. Quatre siècles après Al-Ghazali, l’érudit égyptien Shihab al-Din al-Nuwayri raconta qu’après la création d’Adam, Satan dit aux autres anges : “Si le Seigneur me préfère cette créature, je me rebellerai contre Lui. Et s’il me préfère à elle, je la détruirai.” Parce que, expliqua Satan, “je vaux mieux que ça. Il m’a fait de feu mais, ça, de boue”.

Dans d’autres religions, Satan continue à être l’implacable ennemi de l’humanité. Dans *La Cité de Dieu*, saint Augustin le voit donner délibérément le mauvais exemple, et défend l’idée que “quand l’homme vit selon l’homme et non selon Dieu, il est semblable au diable”. Un siècle plus tôt, le philosophe gnostique Apelle affirma que le Malin était un démiurge qui avait inspiré les prophètes de l’Ancien Testament. Dante, avec sagesse, plaça Satan au centre de la terre, où cet ange, le plus beau de tous, tomba après sa rébellion, transformé en un hideux monstre à trois faces et provoquant le recul horrifié des terres de l’hémisphère sud, qui laissaient à leur place un monde aquatique *senza gente*, “sans population”. Martin Luther (comme saint Antoine avant lui) voyait en Satan un provocateur, un nuisible, et lança sur lui un encrier qui laissa sur le mur du cabinet de travail du château de Wartburg une tache encore visible il y a un siècle. Milton imaginait Satan comme une sorte d’anneau de Möbius (“Par quelque chemin que je fuie il aboutit à l’enfer ; moi-même je suis l’enfer”). Goethe, non sans un soupçon de compassion, a suggéré que Satan tente les humains parce qu’il est malheureux et *"solamen miseris socios habuisse doloris"* (le malheur cherche des compagnons). Des exégètes tardifs du Coran ont observé que Satan, lorsqu'il tenta Ève, ne prit pas la forme d'un serpent mais celle d'un chameau splendide, possédant "une queue multicolore, rouge, jaune, vert, blanc et noir, une crinière de perles, un pelage de topaze, des yeux semblables aux planètes Vénus et Jupiter, et un arôme pareil à du musc mêlé d'ambre gris".

Nul doute que Satan (ou son image) existe encore parmi nous. Jusqu'à ce jour, en Autriche, Bavière, Croatie, République tchèque, Hongrie, Slovaquie, Slovénie et certaines régions du Nord de l'Italie, Satan (connu dans ces régions sous le nom de Krampus) accompagne le père Noël dans ses tournées, attentif à fourrer dans un sac les enfants méchants et à les fouetter avec des verges de bouleau. Le Satan-Krampus est une hideuse créature cornue antérieure au christianisme et qui porte des chaînes afin de faire voir qu'il est désormais soumis à la volonté de l'Église. En d'autres occasions, Satan a pris l'apparence d'un caniche, d'une vipère, d'un dragon ou même d'un gentilhomme.

Dante (encore lui) soutenait que tout, dans l'univers, est le fruit de l'amour de Dieu, y compris le péché. À partir de cette idée, on peut voir en Satan celui qui pervertit ou détourne l'intention divine, poussant les humains à aimer à l'excès (luxure ou avarice) ou pas assez (envie, paresse et colère), ou à adresser leur amour à des objets inappropriés (convoitise et orgueil).

Saint Bonaventure a écrit que notre stupéfaction lorsque nous sommes confrontés à une souffrance inexplicable ne fait que montrer notre peu de foi dans la justice parfaite de Dieu, et provient de notre ignorance de la totalité de l'histoire (comme quand nous jugeons que Lord Jim est un lâche ou Roméo rien de plus qu'un flirt après n'avoir lu que les premières pages de leurs aventures). Nous avons recours à Satan pour tenter de comprendre les événements infâmes qui nous accablent, maintenant et toujours. Satan (disons-nous) nous chuchote à l'oreille des atrocités et inspire nos pires actions. C'est Satan (affirmons-nous) qui est responsable des maladies, des guerres, des famines, de l'accession au pouvoir de Caligula, Goebbels ou Videla, de la torture, du meurtre et de la maltraitance des enfants. Satan est la brumeuse excuse de nos actions cauchemardesques et de nos rêves sanguinaires. Malheureusement, la thèse de sa responsabilité est, au bout du compte, peu convaincante.

Si l'on peut voir dans l'œuvre de Satan le côté obscur de celle de Dieu, le malheur omniprésent dans le monde pourrait suggérer une certaine pénurie d'énergie divine, l'inconcevable épuisement du Tout-Puissant, lassé de ses créations imparfaites. Les hassidim racontent l'histoire que voici : Dans un village obscur du centre de la Pologne se trouvait une petite synagogue. Un soir, en faisant sa ronde, le rabbin y entra et vit Dieu assis dans un coin sombre. Le rabbin tomba prosterné et s'écria : "Seigneur Dieu, que faites-vous ici ?" Dieu lui répondit, d'une voix qui n'était ni de tonnerre ni issue d'une tornade mais toute petite : "Je suis fatigué, Rabbin, je suis mort de fatigue."

L'HIPPOGRIFFE

Parmi les nombreux rois, reines, nobles dames et gentilshommes, pirates, serviteurs, magiciens, incarnations allégoriques et animaux mythologiques qui peuplent les quarante-six chants du *Roland furieux* de l'Arioste, il en est un qui traverse magnifiquement indemne le poème entier. Il apparaît pour la première fois, anonyme et en plein vol, dans le deuxième chant, décrit simplement comme "un cheval ailé" et monté par le magicien Atlante, lui aussi encore anonyme ; il disparaît à l'un des derniers chants du poème, glorifié désormais par ses propres actions et celles de son cavalier, libéré par le chevalier Astolphe, sur l'ordre d'une autorité non moindre que saint Jean l'Évangéliste.

Au cours de son éminente carrière, l'hippogriffe accomplit maints hauts faits illustres et entreprend de multiples voyages dangereux sur la terre entière, ainsi que sur la lune. À la fin, qui peut ne pas sentir que sa liberté est bien méritée ? Nous l'encourageons de nos applaudissements.

Nous pensons savoir à quoi ressemble un hippogriffe. L'Arioste, afin de prévenir toute notion rabaissant la noble créature à l'état de fiction, nous dit clairement, au chant quatre :

> Le destrier n'est pas un être imaginaire, mais bien naturel, car une jument l'engendra d'un griffon. De son père, il avait la plume et les ailes, les pieds de devant, la tête et les griffes. Dans tous ses autres membres, il était semblable à sa mère, et il s'appelait Hippogriffe. Ils proviennent, mais ils sont rares, des monts Ryphées, bien au-delà des mers glaciales.

Le "mais ils sont rares" est important, car il implique que l'œil humain voit rarement de telles bêtes. Mais rarement n'est pas jamais. Virgile avait déjà annoncé, dans l'une de ses églogues, que les griffons pouvaient s'accoupler avec des juments, événement improbable puisque, comme l'ont observé d'anciens commentateurs, griffons et chevaux sont ennemis mortels. Si Virgile mentionne l'accouplement, c'est pour impliquer que ce temps ne viendra jamais, mais de tels procédés rhétoriques ont le talent de nous démontrer nos erreurs. Apparier griffons et chevaux, même en poésie, prête à la bête imaginaire la réalité attestée d'un animal domestique.

L'Arioste voyait cela. Il savait que même si des occurrences aussi splendides ne pouvaient être fréquentes, un seul descendant de l'une d'elles suffirait à la véracité interne de son histoire. "Pas un être fictif, produit, comme le reste, par enchantement", écrit-il, écartant toute autre intervention magique, "mais un animal naturel et véritable". Comment mettre en doute un témoignage aussi véhément ?

L'hippogriffe est à la fois singulier et universel. En dépit de sa rareté, il appartient au bestiaire des créatures possibles. Sa vraisemblance imaginaire est si forte que loin d'être unique, comme le phénix (dont il ne peut exister qu'un à la fois dans le monde), il est devenu un hôte fréquent de l'imagination et, après son envol dans la liberté à la fin du poème de l'Arioste, a trouvé de nouveaux décors pour de nouvelles aventures. Étant donné qu'un cheval qui tient du dragon au lieu d'avoir simplement des ailes paraît mieux indiqué pour combattre un monstre marin ordinaire, l'hippogriffe a remplacé son cousin Pégase dans des représentations de Persée et Andromède, devenus à leur tour le Roger et l'Angélique de l'Arioste, comme dans le tableau d'Ingres. Parce qu'un cheval emballé n'est pas assez merveilleux pour le royaume magique de *La vie est un songe*, de Calderón, les premiers vers de la pièce ne sont pas adressés à n'importe quelle monture mais à un "impétueux hippogriffe, aussi rapide que le vent", qui a fait tomber la princesse Rosaura de sa selle et dans le monde des rêves. Étant bien moins commun qu'un zombie ou un loup-garou, l'hippogriffe a acquis un prestige aristocratique et, de E. R. Eddison dans *Le Serpent Ouroboros* à J. K. Rowling dans sa saga *Harry Potter*, des auteurs de fiction du siècle dernier ont introduit dans leurs univers cette espèce en danger.

Mais il y a autre chose.

René Magritte, commentant son tableau *Les Affinités électives*, faisait observer que, bien que nous sachions que ce sont normalement des oiseaux qui occupent une cage à oiseau, l'image devient plus intéressante si au lieu d'un oiseau nous voyons derrière ces barreaux un poisson ou une chaussure. Mais si ces images sont étranges, poursuivait-il, elles sont malheureusement accidentelles, arbitraires. Il expliquait alors qu'on peut obtenir une autre image qui résisterait à l'examen parce qu'elle aurait quelque chose de radical, de "juste". C'est celle où l'on voit un œuf dans la cage. Quelque chose de juste, dit Magritte ; c'est la qualité de l'hippogriffe de l'Arioste.

Le vaste fouillis narratif qu'est *Le Roland furieux*, avec ses combats, ses amitiés, ses vengeances et ses entreprises passionnées, est, avant tout, juste. Tout dans cette histoire hallucinante, plus populeuse que presque n'importe quel autre récit épique (*Le Seigneur des anneaux* compris) et certainement l'un des plus divertissants, fait résonner dans un esprit sagace une note toujours juste. À chaque étape, l'Arioste aurait pu choisir un développement différent, un autre tour, laisser une scène se prolonger ou être interrompue. Ce n'est pas une cohérence psychologique ni historique ni même narrative qui façonne l'histoire, et moins encore quelque notion classique de lieu et de temps. Les fragments rimés qui composent les quarante-six longs chants du poème, emmenant le lecteur de sommets en vallées, de châteaux à la mer, de la terre à la lune et retour, n'ont jamais l'air "tristement accidentels, arbitraires". Une logique poétique sauvage gouverne ces aventures, logique fidèlement accordée à la folie furieuse de leur héros. L'hippogriffe en est emblématique, impossibilité née d'une impossibilité, aussi raisonnable qu'un rêve à l'intérieur d'un rêve.

LE CAPITAINE NEMO

Nemo. Nadie. Niemand. Nessuno. L'identité qui se nie elle-même commence, en Occident, presque universellement par la lettre N. Johann Gottlieb Fichte imaginait une distinction philosophique entre Quelqu'un, *aliquis* en latin, défini comme un Je qui est présent, et *nemo*, un non-Je, une absence d'existence incarnée, une sorte de trou noir d'existence. C'est l'identité qu'Ulysse choisit lorsqu'il dit à cet abruti de Cyclope que son nom est Personne : l'absence nominale fut son salut. Nemo est aussi le nom qu'a donné Jules Verne à son célèbre marin rebelle, précurseur des guerriers de Greenpeace, anarchiste terroriste *avant la lettre**.

Mais qui est le capitaine Nemo ?

Sûr de lui, capable de saisir d'un seul regard de ses yeux d'un noir intense un quart de l'horizon, froid, pâle, énergique, courageux, fier, d'un âge qu'on pourrait situer quelque part entre trente-cinq et cinquante ans, grand, le front haut, le nez droit, les lèvres nettement dessinées, les dents magnifiques, les mains longues et délicates convenant à une âme noble et passionnée : ainsi le capitaine Nemo apparaît-il au professeur Aronnax stupéfait dans les entrailles du sous-marin *Nautilus*. Pierre-Jules Hetzel, éditeur de *Vingt mille lieues sous les mers* et de tous les autres grands romans de Jules Verne, reconnut en Nemo le portrait de son créateur et recommanda à l'illustrateur, Édouard Riou, de prendre Verne comme modèle pour le héros du livre.

Nemo est un lutteur, un non-conformiste, un idéaliste au sens que le XIXe siècle donnait à ce mot aujourd'hui si déprécié. C'est aussi un lecteur. Après un curieux repas où il s'avère que les multiples plats servis sont d'étranges mets pélagiques habilement déguisés, Nemo invite son hôte captif à visiter sa résidence sous-marine. La première pièce où il l'introduit est la bibliothèque. “De hauts meubles en palissandre noir, incrustés de cuivre, supportaient sur leurs larges rayons un grand nombre de livres uniformément reliés. Ils suivaient le contour de la salle et se terminaient à leur partie inférieure par de vastes divans, capitonnés de cuir marron, qui offraient les courbes les plus confortables. De légers pupitres mobiles, en s'écartant ou se rapprochant à volonté, permettaient d'y poser le livre en lecture. Au centre se dressait une vaste table, couverte de brochures, entre lesquelles apparaissaient quelques journaux déjà vieux. La lumière électrique inondait tout cet harmonieux ensemble, et tombait de quatre globes dépolis à demi engagés dans les volutes du plafond." Le professeur Aronnax exprime son admiration pour cette bibliothèque qui a accompagné son lecteur jusqu'au plus profond de l'océan, "une collection, dit-il, qui ferait honneur à plus d'un palais des continents". Mais le capitaine Nemo ne veut pas admettre que sa bibliothèque a quoi que ce soit d'extraordinaire. "Où trouverait-on plus de solitude, plus de silence, monsieur le professeur", demande-t-il à son hôte. Pour Nemo (comme pour nous) le silence et la solitude sont deux attributs essentiels d'une bibliothèque authentique, dont le lecteur idéal, divisé en une infinité de personnages faits de mots, est toujours Personne.

La bibliothèque du capitaine Nemo contient quelque douze mille livres de science, d'éthique et de fiction, écrits dans de nombreuses langues. Trois caractéristiques la définissent. D'abord, il n'y a aucun ouvrage d'économie, puisque dans ce domaine aucune théorie ne satisfait un lecteur exigeant. Ensuite, l'ordre des livres de Nemo paraît arbitraire, mêlant sujets et langues sans logique apparente, comme si le capitaine souhaitait lire ce que la chance lui mettrait sous les yeux. Enfin, il n'y a aucun livre nouveau sur ces rayonnages sous-marins.

Ces douze mille livres, explique le capitaine, sont "les seuls liens qui me rattachent à la terre. Mais le monde a fini pour moi le jour où mon *Nautilus* s'est plongé pour la première fois sous les eaux. Ce jour-là, j'ai acheté mes derniers volumes, mes dernières brochures, mes derniers journaux, et depuis lors, je veux croire que l'humanité n'a plus ni pensé ni écrit. Ces livres, monsieur le professeur, sont d'ailleurs à votre disposition, et vous pourrez en user librement". Reconnaissant sur l'un des rayons l'ouvrage de Joseph Bertrand, *Les Fondateurs de l'astronomie*, publié en 1865, le professeur Aronnax se rend compte que la vie sous-marine du capitaine Nemo doit avoir commencé à peine trois ans plus tôt. Nous sommes en 1868, deux ans avant la date à laquelle parut le roman de Verne.

Si toute bibliothèque est autobiographique, alors celle du capitaine Nemo révèle quelque chose de l'identité secrète de son lecteur. Le monde de la surface, le monde de la chaotique société humaine consterne le capitaine. Il préfère la retraite que lui offre son *Nautilus*. Il croit en l'esprit d'invention, en l'imagination éthique, en l'infinie curiosité de l'être humain. Il hait ses excès, son goût pour la tyrannie, son avidité sanguinaire. Il tient plus que tout à la liberté, mais pas à n'importe laquelle. Il ne serait pas étonnant de trouver parmi les livres de la bibliothèque du *Nautilus* la *Solution au problème social*, de Pierre-Joseph Proudhon, un ouvrage que Verne connaissait bien. "Ce n'est ni la liberté soumise à l'ordre comme dans la monarchie constitutionnelle, ni la liberté emprisonnée dans l'ordre", écrit Proudhon dans une veine allégorique. "[...] c'est la liberté réciproque, et non pas la liberté qui se limite ; la liberté non pas fille de l'ordre, mais mère de l'ordre." Cette liberté vivifiante, Proudhon l'appelle "anarchie positive". Telle est également la conviction de Nemo, sauf qu'il ne se contente pas de la proposition idéaliste de Proudhon. Nemo est, pourrait-on dire, le précurseur de ces anarchistes violents du XIXe siècle – Ravachol, Auguste Vaillant,

Émile Henry, Santo Caserio – qui traduisaient par des bombes et des assassinats les systèmes auxquels ils croyaient. Manifestement, les naufrages provoqués délibérément par le *Nautilus* sont une autre version de tels actes terroristes.

La violence du capitaine Nemo dans la deuxième partie du roman effrayait Hetzel. En réponse aux objections de l'éditeur, Verne expliqua que selon les règles de la fiction, les choses n'auraient pu se passer autrement. Le bibliophile taciturne qui fait admirer au professeur Aronnax "tout ce que l'humanité a produit de plus beau" devient, à l'indispensable moment de l'action, non un enseignant de l'humanité mais un "terrible justicier". Les livres ont servi à Nemo de guides vers la sagesse et d'échantillonnage de l'expérience commune des hommes mais (ainsi que le savent les lecteurs) un livre, voire une bibliothèque entière, ne peut qu'éclairer la voie qu'un lecteur a choisie, il ne peut diriger ce lecteur vers un objectif obligé, ni même lui imposer une direction particulière. Des années plus tard, Verne raconterait la fin de son héros dans *L'Île mystérieuse*, où l'anarchiste désillusionné accepte sa défaite. "La solitude, l'isolement sont choses tristes, au-dessus des forces humaines… dit-il dans son agonie. Je meurs d'avoir cru que l'on pouvait vivre seul."

Jean-Jules Verne, petit-fils de l'écrivain, a expliqué que son grand-père voulait écrire au sujet de la lutte du peuple polonais contre l'Empire russe mais que, sans doute à cause de la censure exercée par le gouvernement français, il ne le fit pas. Il écrivit *Vingt mille lieues sous les mers*. Le capitaine Nemo est un révolutionnaire universel, non spécifique. Il sera connu "comme un grand coupable, reconnaît-il avec un sourire hautain. Oui, un révolté, mis peut-être au ban de l'humanité ! mais, dit-il au professeur Aronnax, je suis le droit, je suis la justice !" Et, désignant le vaisseau qu'il a l'intention d'attaquer, il ajoute : "Je suis l'opprimé, et voilà l'oppresseur ! C'est par lui que tout ce que j'ai aimé, chéri et vénéré, patrie, femme, enfants, mon père, ma mère, j'ai vu tout périr ! Tout ce que je hais est là !"

Après l'effroyable scène de destruction qui suit, le professeur Aronnax essaie de s'endormir et n'y arrive pas. Dans son imagination, il voit l'histoire depuis son début, comme s'il feuilletait un livre qu'il a déjà lu. Au fur et à mesure qu'il se rappelle les derniers jours passés, le capitaine Nemo cesse d'être son semblable pour devenir "l'homme des eaux, le génie des mers". Sous nos yeux de lecteurs, le professeur Aronnax, personnage du roman de Verne, devient le lecteur de ses propres aventures. Nemo n'est plus désormais un homme comme Aronnax mais quelque chose de plus vaste, moins compréhensible, plus terrifiant, qui n'est plus limité à l'imagination de Verne mais appartient à la bibliothèque universelle. À cet instant magique, lecteur et protagoniste se mêlent en un seul individu, à la fois dans le livre et hors de lui, suspendu dans le temps du récit et notre propre temps, quand nous le lisons aujourd'hui.

LE MONSTRE DE FRANKENSTEIN

La tradition pythagoricienne avait décrété que toute créature a ou aura, maintenant ou dans l'avenir, quelque chose d'une autre. "Nul homme n'est uniquement lui-même, a écrit Sir Thomas Browne. Il y a beaucoup de Diogène, et on trouve beaucoup de Timon ; quoi qu'il y en ait eu bien peu nommés de ces noms ; les mêmes hommes et les mêmes siècles paraissent de temps en temps sur le Théâtre du monde : nul homme n'a tellement vécu au temps passé, qu'il n'y en ait aujourd'hui, qui vive de la même façon, comme s'il avait repris vie une autre fois."

Personne n'incarne mieux cette notion ancienne que la créature née (si ce verbe est admissible) "par une

nuit lugubre de novembre" vers la fin du XVIIIe siècle dans la ville allemande d'Ingolstadt. Il n'a pas de nom. Il vient au monde adulte, composé de toutes sortes de membres et d'organes humains, choisis en raison de leurs proportions athlétiques et de leur beauté classique dans la salle de dissection de l'université et aussi dans les caves de la morgue. Le résultat, son créateur lui-même en convient, n'est pas ce qu'il espérait : l'ensemble de fragments humains, une fois amené à la vie, ne conserve rien de la perfection de chacune de ses parties. "Sa peau jaune couvrait à peine l'assemblage des muscles et des artères ; ses cheveux étaient d'un noir de jais, sa chevelure abondante ; ses dents d'une blancheur nacrée. Hélas, ces merveilles accentuaient l'horrible contraste qu'offraient ses yeux aqueux – presque de la même couleur que les orbites sombres dans lesquelles ils étaient incrustés, ainsi que son teint hâlé et ses lèvres droites et noires."

Ce que désire le Dr Frankenstein, c'est créer la vie sans la participation d'une femme. La création à partir uniquement d'une semence mâle est l'objectif de l'alchimiste, le rêve du patriarche, le but du savant fou. Des golems juifs aux sculptures animées de la fable et de la science – Ève faite d'une côte d'Adam, la femme d'ivoire de Pygmalion, le Pinocchio de bois de Gepetto, les automates du XVIIIe siècle et du début du XIXe qui ravissaient tellement Mary Shelley et son cercle –, les hommes se sont imaginés capables de créer la vie sans assistance féminine : c'est-à-dire en privant les femmes de leur capacité exclusive de concevoir. Nulle femme ne prend part à la création du monstre par le Dr Frankenstein : c'est une affaire menée par un mâle seul. Pour les théologiens médiévaux, la tentative de concevoir sans accouplement mâle-femelle était un terrible péché. Selon le rabbin Moses Cordevero, un érudit espagnol du XVIe siècle, l'union et l'accouplement d'un homme et d'une femme est un signe venu des cieux et toute diversion de cette méthode consacrée est un reniement de la volonté divine. Par sa tentative de créer la vie à partir de fragments de cadavres, le Dr Frankenstein pèche contre la toute-puissance de Dieu.

On peut cependant voir au mythe un autre aspect : le triste sort du monstre lui-même. Tel Adam l'infortuné, il n'est qu'un bout de glaise animée qui n'a jamais demandé à être mis au monde. Au niveau le plus brut, le plus primordial, la créature est un golem, un pantin doué de vie ; au mieux, c'est Hamlet se flattant d'être un merveilleux chef-d'œuvre, Sigismond se demandant s'il n'est pas uniquement une forme dans un rêve. Une telle souffrance, une telle extase sont l'une et l'autre lisibles sur l'affreux visage du monstre, que nous connaissons grâce au cinéma, un visage qui, comme celui de Garbo, est l'une des incontestables icônes de notre temps. Celui de Garbo, aux traits d'un classicisme troublant, évoque celui de la Béatrice de Dante, ce beau visage dont la vision, dit-il, libère son affection "de tout autre désir", reflet de cette partie de nous que les Occidentaux associent à la beauté spirituelle et à la sagesse transcendantale. "Ne pense à rien" fut, dit-on, le conseil du réalisateur Rouben Mamoulian à Garbo comme elle lui demandait comment jouer l'inoubliable plan final de *La Reine Christine*. Ce néant nous offrait, à nous, public, un espace vide où nous perdre. Le visage du monstre est la contrepartie de celui-là, son ombre, celui de notre moi subhumain, porteur des traits que nous craignons de voir un jour émerger d'un miroir affolé – celui de Dorian Gray sur son portrait, celui de l'odieux M. Hyde. Si le visage de Garbo est divinement vide, celui du monstre est diaboliquement plein, débordant à ses coutures visibles de ce que nous souhaitons cacher. Ce n'est pas "le mal" (exactement comme celui de Garbo ne représente pas "le bien") mais c'est exécrable (comme Garbo est immaculée). Grâce à la main inventive de l'artiste en maquillage Jack Pierce, c'est davantage que n'importe quel autre monstre humanoïde. C'est un visage rêvé par quelqu'un qui sait ce que devrait être un visage mais ne parvient pas tout à fait à le maîtriser, un visage si grand que nous sommes saisis de la crainte que si nous devions nous en approcher (dans les termes de Chesterton), "le visage serait trop grand pour être possible". C'est un visage complètement raté, une caricature anonyme du visage biblique créé par Dieu à sa propre image. Quand Boris Karloff l'assuma, son nom fut remplacé dans le générique par un point d'interrogation.

Le monstre créé par le Dr Victor Frankenstein est (sans conteste, même de la part de son propre père) d'une laideur insoutenable. À le voir on est effrayé et, confronté à la peur qu'il provoque, le monstre attaque ou se défend. Il ne peut vivre parmi les humains qu'à condition de ne pas être vu, situation qui (ainsi que l'a expliqué l'évêque Berkeley) se nie elle-même et devient un état de non-existence. Le monstre peut apprendre comment vivent les humains parce que le vieil ermite qui l'accueille chez lui est aveugle ; il peut étudier l'histoire du monde grâce aux *Ruines de l'Empire*, de Volney, parce que le jeune Suisse qui lit à haute voix ce texte pompeux ne sait pas que le monstre est caché sous la fenêtre. Découvert, il est poursuivi comme une proie désignée et nul ne demande s'il est coupable ou non. Le monstre est la victime modèle : innocent et calomnié, il est poussé à la violence par ceux qui le harcèlent. Comme n'importe quelle victime, il voudrait savoir pourquoi on le hait. Il n'est pas responsable de sa présence en ce monde, ainsi que l'établit l'une des épigraphes du roman, empruntée au *Paradis perdu* de Milton : "T'avais-je requis dans mon argile, ô Créateur, de me mouler en homme ? T'ai-je sollicité de me tirer des ténèbres ?" Fruit d'un fou ambitieux ou d'un inventeur imprudent, le monstre partage son triste sort avec Adam, c'est-à-dire avec chacun d'entre nous. Et pourtant, en dépit de ses souffrances, il ne souhaite pas mourir. "La vie n'est peut-être qu'une accumulation d'angoisses, dit-il à son créateur, mais elle m'est chère et j'entends la défendre." "J'étais bienveillant et bon, dit-il encore ; la misère a fait de moi un monstre. Rendez-moi heureux et je redeviendrai vertueux."

Le monstre offre un marché au Dr Frankenstein : que le docteur lui fabrique une compagne à son image, et tous deux disparaîtront à jamais dans les déserts de l'Amérique du Sud. (Note à l'intention des lecteurs sud-américains : pauvre monstre ! Lequel de nos pays le monstre choisira-t-il en quête d'une vie heureuse ? Le Chili de Pinochet ? L'Argentine des généraux ? Le Venezuela de Maduro ? Le Brésil de Bolsonaro ?) Si Hollywood et le réalisateur James Whale ont proposé en Elsa Lanchester et sa perruque ondulée l'épouse idéale, dans la version de Shelley le docteur refuse le marché avec indignation et le monstre, après une longue et douloureuse fuite à travers le Nord de l'Europe, se perd au-delà du pôle Nord, dans les plaines glacées du Canada. Sans que Shelley le précise, cette ultime destination convient parfaitement au monstre puisque, dans la géographie mondiale imaginaire, le Canada est une vaste page blanche sur laquelle peuvent être écrits les rêves, les espoirs et les cauchemars de l'humanité.

L'apôtre Jacques, dans son Épître catholique (I, 23-24), compare celui qui écoute la parole divine et ne l'observe pas à un homme qui se voit dans un miroir et ne peut se rappeler qui il est. Car "à peine s'est-il considéré, qu'il s'en est allé, oubliant aussitôt qui il était". Assemblage de morceaux d'un si grand nombre d'hommes, le monstre de Frankenstein est, au moins en quelque partie, notre miroir, un reflet de ce dont nous ne désirons pas ou n'osons pas nous souvenir. Sans doute est-ce pour cela qu'il nous fait peur.

SABLON

Les *road-trips* font partie des récits d'aventures les plus appréciés, peut-être parce qu'ils permettent des écarts inattendus du droit chemin vers n'importe quel but choisi. Dorothée et ses amis sur la route d'Oz, les animaux musiciens de Brême, Jack Kerouac et sa bande, les Trois Mousquetaires, les caravanes de chariots dans les westerns de Louis L'Amour comptent parmi les voyageurs les mieux connus du monde occidental. En Chine, toutefois, les aventuriers de la route les plus populaires et les plus aimés sont à coup sûr les trois héros qui accompagnent un certain moine éclairé dans son voyage vers l'Inde à la recherche d'un recueil de textes bouddhistes

(connus en Inde sous le nom de "Tripitaka", d'où le moine tire le sien). En chemin, les trois héros défendent Tripitaka contre des démons multicolores et des monstres maléfiques qui croient pouvoir devenir immortels en dévorant sa chair. Ainsi que Tripitaka le rappelle à ses amis afin de les encourager, "sauver une existence vaut mieux que bâtir une pagode à sept étages". Il arrive aux aventuriers tant de choses extraordinaires que les événements cessent de l'être, et que le lecteur finit par s'attendre à voir arriver dès la page suivante un nouveau dragon, un nouveau dieu céleste, un nouvel animal magique. Et c'est toujours ce qui se passe.

Le plus célèbre des trois compères qui accompagnent Tripitaka (et celui qui donne son nom au roman de Wu Cheng'en dans la plupart des versions occidentales) est le Singe, surnommé par le moine "Conscience-de-la-vacuité" en raison de son éveil à la Vérité. La naissance du Singe relève du merveilleux : il a surgi à la vie sur le mont des Fleurs et des Fruits, d'un œuf de pierre créé par l'accouplement du Ciel et de la Terre (d'où l'un des titres sous lesquels le roman est connu en anglais, *Story of the Stone*, un autre étant *Journey to the West*, à l'instar de l'une des versions françaises : *La Pérégrination vers l'ouest*). Le Singe est une sorte de héros illusionniste dont l'objectif est purement spirituel. Lorsque les Dix Juges de la Cour de la Mort tentent de le catégoriser ils s'aperçoivent que c'est impossible : n'étant pas un sujet de la Licorne, il n'entre dans aucune catégorie animale, et n'étant pas un sujet du Phénix, il ne peut être classé comme oiseau. Ils finissent par le trouver sous l'intitulé "Âme n° 3150", créature née en tant que "produit de la nature" et dotée d'une durée de vie de trois cent quarante-deux ans. Cette conclusion, le Singe refuse de l'accepter parce que depuis toujours, dit Wu Cheng'en de son héros, "tout son être était tendu vers un seul but : découvrir les Immortels et apprendre d'eux le secret de l'éternelle jeunesse". Le Singe réalise ce désir en mangeant les pêches de l'immortalité.

Le Singe est protégé par plusieurs dons enchantés : un gigantesque gourdin en or qu'il peut réduire à la taille d'une aiguille et porter fiché dans son oreille, une armure en or, cadeau du Roi des Dragons, qui repousse les armes des ennemis, et trois jarres d'un élixir magique qui guérit de tous les maux. Il a aussi la faculté de voler et peut accomplir un remarquable "saut périlleux au-dessus des nuages" qui lui permet de parcourir plusieurs lieues d'un seul coup, comme le Chat botté. De même que Tripitaka, à la fin du voyage Le Singe accède à l'état de Bouddha tant désiré.

Le Singe est accompagné du Pourceau, dont le nom chinois est Zhu Bajie, ce qui signifie "Porc-des-huit-prohibitions". Le Pourceau a les traits d'un être cauchemardesque, mi-humain et mi-cochon, c'est un glouton paresseux, taraudé par une permanente convoitise pour les belles femmes. De telles caractéristiques rendent difficile la sauvegarde de la nature spirituelle du voyage, et valent au Pourceau d'être traité de *"daizi"* – d'imbécile. Avant de rencontrer le Singe, le Pourceau était le commandant en chef des quatre-vingt mille guerriers de la Marine Céleste, mais son inconduite réitérée lui a fait perdre cet éminent statut. Le pire épisode avait eu lieu lors d'un festin pour les dieux et déesses dans le Royaume Céleste, au cours duquel le Pourceau s'étant épris de la Déesse de la Lune avait, ivre d'alcool, tenté de la séduire. La déesse s'était plainte à l'Empereur de Jade et le Pourceau avait été banni sur la Terre, où le Singe l'avait découvert puis recruté.

Le troisième des camarades, et le plus mystérieux, est Sablon. De son vrai nom Sha-Wujing, c'est-à-dire "Sable-éveillé-à-la-pureté", il fut autrefois, comme le Pourceau, membre des Cohortes Célestes ; versé dans les arts de l'alchimie, il était chargé de soulever le rideau du Chariot Impérial dans la Salle des Brouillards Sacrés. Quoique moins grave que celui du Pourceau, son péché, selon les lois célestes, tombait lui aussi sous le coup du châtiment. Pendant un banquet de pêches, il brisa accidentellement une coupe en cristal appartenant à la Reine Mère de l'Ouest ; en guise de punition, ses traits furent changés en ceux d'un monstre et il fut, comme le Pourceau, exilé sur la Terre. Là, il vécut au fond de la Rivière des Sables-en-mouvement (de là son surnom), d'où il s'attaquait aux voyageurs qui essayaient de la traverser. Le Singe soumit le monstre et le convainquit de rejoindre la compagnie de Tripitaka.

Les pouvoirs de Sablon consistent en un bâton magique, en bois orné de rangs de perles, associé à sa capacité d'effectuer dix-huit métamorphoses qui le rendent invincible en milieu aquatique. Outre le caractère vaguement effrayant des traits de cette créature, le conte fait du personnage un portrait ambigu : aussi poli que prévenant, aussi raisonnable que fidèle à ses maîtres, et capable d'apporter des solutions logiques aux problèmes auxquels est confronté le groupe. "Il est de longue date écrit dans le Yi King, ou *Traité des mutations*, que si les mystères sont élucidés et l'avenir du monde explicité, c'est afin que les gens sachent ce qu'il faut ambitionner et ce qu'il faut éviter", dit un prince qu'ils rencontrent en chemin. Il en est peut-être ainsi, mais c'est Sablon qui, discrètement et avec une grande simplicité, aide ses amis à trouver leur voie.

Sablon a quelque chose qui rappelle ces loyaux conseillers que sont l'Homme de fer-blanc du *Magicien d'Oz* et Jiminy Cricket dans *Pinocchio*, même si le premier, en remerciement de ses efforts, ne reçoit qu'un cœur fait entièrement de soie et bourré de sciure et si le second se voit écrasé contre le mur par un marteau lancé par le lunatique pantin. En récompense de son efficacité, Sablon, lui, devient à la fin du voyage un *arhat*, soit quelqu'un ayant acquis la compréhension de la nature véritable de l'univers, accédant ainsi à un degré d'édification supérieur à celui qu'a atteint le Pourceau, lequel se voit voué à balayer les autels de chaque temple bouddhiste jusqu'à la fin des temps.

Si les lecteurs du XVIe siècle se sont divertis des folles aventures des trois compagnons et de leur moine, des critiques soucieux de découvrir dans le conte un type de propriétés différentes ont cherché à y lire une allégorie de notre cheminement dans le monde, comme *Le Voyage du pèlerin*, un pittoresque roman de formation primitif, comme *Tom Sawyer*, ou encore une satire féroce de la bureaucratie étatique, comme *Le Procès*. Le premier traducteur du roman en anglais, Arthur Waley, fit remarquer que, pour les contemporains de Wu Cheng'en, la hiérarchie des cieux est une réplique des gouvernements sur la terre. "Le Ciel, a-t-il écrit, n'est jamais que la totalité d'un système bureaucratique transplanté en bloc dans l'Empyrée."

Et pourtant, de nos jours, aucun lecteur ne saurait, dans le monde truffé d'aventures de Wu Cheng'en, découvrir la moindre trace de la ténébreuse absurdité des cauchemars de Kafka. Si satire de la bureaucratie il y a, c'est une satire d'ordre existentiel qui considère notre existence comme sujette à des lois et règlements décrétés en haut lieu, lois que nous ne pouvons comprendre mais auxquelles nous devons néanmoins obéir. Les compagnons de Sablon trouvent des stratégies pseudo-militaires pour repousser démons, dieux et princes, mais Sablon, lui, propose des solutions et réactions mettant au sommet des stratégies de survie la raison et l'éthique. Ce n'est pas une consolation moralisante qu'il offre, mais une ferme adhésion à ce qui est honnêtement juste. Dans la conception qu'a Sablon du monde (comme dans celle de don Quichotte), ce qui semble juste pourrait en réalité être la voie du mal et ce qui semble mal pourrait s'avérer la voie juste et convenable.

"Qui ne veut croire que ce qui est droit est droit doit se garder des maléfices du bien", dit-il.

JONAS

De tous les prophètes grondants ou gémissants qui hantent les pages de l'Ancien Testament, aucun n'est aussi curieux que le prophète connu sous le nom de Jonas. Les gens ordinaires, nous dit-on, se sentaient mal à l'aise en sa présence et il a acquis la réputation posthume de porter malheur. La raison en est peut-être que Jonas possédait ce qu'au XIXe siècle on qualifiait de "tempérament artistique".

L'histoire de Jonas a probablement été écrite au cours du IVe ou du Ve siècle av. J.-C. Le livre de Jonas est l'un des plus courts de la Bible – et l'un des plus étranges. Il raconte comment le prophète fut assigné par Dieu à aller prêcher contre la cité de Ninive,

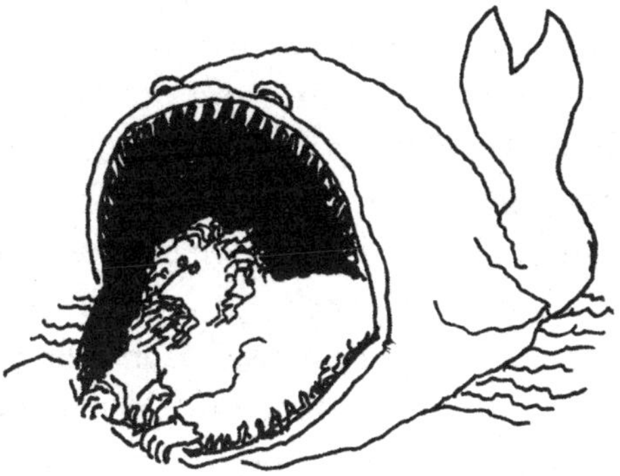

dont le bruit de l'impiété avait atteint le ciel. Mais Jonas refusa parce qu'il savait que sa parole entraînerait le repentir des Ninivites, et qu'alors Dieu leur pardonnerait et qu'ils échapperaient au châtiment si justement mérité. Afin d'éviter d'obéir à l'ordre divin, Jonas embarqua sur un bateau en partance pour le port de Tharsis. Une tempête furieuse s'éleva, les marins gémissaient de désespoir et Jonas, comprenant qu'il était sans doute la cause de cette turbulence météorologique, demanda qu'on le jette à la mer afin de calmer les vagues. Les marins obtempérèrent, la tempête s'apaisa et Jonas fut avalé par un gros poisson que Dieu en personne avait convoqué dans ce but. Jonas demeura là, dans les entrailles de cette créature, pendant trois longs jours et trois longues nuits. Le quatrième jour, Dieu commanda au poisson de vomir le prophète sur la terre ferme et, de nouveau, ordonna à celui-ci d'aller exhorter le peuple de Ninive. Cette fois, résigné à la volonté de Dieu, Jonas obéit. Le roi de Ninive entendit l'avertissement, se repentit, et la cité de Ninive fut sauvée.

Mais Jonas était en colère contre Dieu et partit furieux dans le désert à l'est de la ville, où il s'installa une sorte de hutte et s'assit pour attendre de voir ce que deviendrait Ninive repentante. Dieu fit alors pousser une plante pour protéger Jonas du soleil. Jonas exprima sa gratitude pour ce cadeau divin mais, dès le lendemain matin, Dieu fit dépérir la plante. Le soleil et le vent accablèrent Jonas qui, défaillant de chaleur, dit à Dieu que mieux vaudrait pour lui qu'il meure. Alors Dieu s'adressant à Jonas, lui dit : "Tu es affligé parce que j'ai tué une simple plante, et pourtant tu voulais que je détruise le peuple entier de Ninive. Aurais-je dû épargner une plante mais ne pas épargner ces gens qui ne distinguent pas leur main droite de leur main gauche, et, avec eux, un bétail abondant ?" C'est sur cette question sans réponse que se termine le livre de Jonas.

Mais pour quelle raison Jonas avait-il refusé de prêcher à Ninive ? L'idée que Jonas s'abstienne de jouer un rôle inspiré par Dieu parce qu'il sait que son public va se repentir et donc être pardonné doit paraître incompréhensible à quiconque n'est pas un artiste. Ainsi que le savait Jonas (bien que je ne pense pas que cela apparaisse dans son livre), la société ninivite oscillait entre deux attitudes possibles vis-à-vis de ses artistes : soit elle voyait dans une œuvre une accusation et reprochait à son créateur les maux dont la société se trouvait accusée, soit elle assimilait une œuvre parce que l'art, évalué en dinars et joliment encadré, pouvait faire office d'agréable décoration. Dans de telles circonstances, et Jonas le savait, aucun artiste ne peut gagner.

À choisir entre accusation ou décoration, Jonas aurait probablement préféré l'accusation. Comme la plupart des artistes, ce qu'il voulait vraiment, c'était stimuler les cœurs léthargiques de son audience, toucher ses nerfs, réveiller en elle quelque chose de vaguement entraperçu quoique totalement mystérieux, troubler ses rêves et hanter ses veilles. Ce dont, certainement et en aucun cas, il ne voulait, c'était de leur repentir. Que ceux qui l'écoutaient se bornent à se dire : "Tout est pardonné et oublié, enterrons le passé, ne parlons ni d'injustice ni de la nécessité de rétribution, ni des réductions dans l'éducation et les programmes de santé, ni de l'inégalité des taxations et du manque d'emplois, ni des plans financiers qui signifient la ruine pour la plupart ; que les exploiteurs serrent la main aux exploités, et en avant vers notre prochaine heure de gloire" – non, c'était là quelque chose dont Jonas ne voulait décidément pas. Nadine Gordimer, dont il n'avait jamais entendu parler, a dit qu'il ne peut y avoir pire sort pour un écrivain que de *ne pas* être exécré au sein d'une société corrompue. Jonas ne souhaitait pas connaître ce sort annihilant.

Et, surtout, Jonas était au courant de la guerre inlassable que politiciens et artistes se livraient à Ninive, guerre dans laquelle il lui semblait que tous les efforts des artistes (en dehors de ceux qu'exigeait leur art) étaient au bout du compte futiles parce qu'ils prenaient place dans l'arène politique. Tout le monde savait que, bien qu'ils ne se fussent jamais lassés de vivre leurs vocations, les artistes ninivites s'épuiseraient bientôt à force de batailler contre les bureaucrates et les banques, et que les quelques héros qui continuaient la lutte contre les fonctionnaires royaux et les prêteurs le faisaient bien souvent aux dépens tant de leur art que de leur santé mentale. Il était très difficile de revenir à son atelier ou à ses tablettes de glaise après une journée de réunions de comité et d'audiences officielles. Les bureaucrates de Ninive comptaient là-dessus, bien entendu, et l'une de leurs tactiques les plus efficaces avait pour nom retard : retard dans les accords, retard dans l'attribution de fonds, retard dans les contrats, retard dans les rendez-vous, retard dans la délivrance des réponses définitives. Si l'on faisait attendre l'artiste suffisamment longtemps, disaient-ils, sa fureur s'apaiserait ou, assez mystérieusement, se transformerait en énergie créatrice. L'artiste s'en irait écrire un poème ou monter une installation ou rêver une danse, toutes choses qui ne présentaient guère de danger pour les politiciens et les corporations financières. En fait, ainsi que le savaient bien les hommes d'affaires, il arrivait souvent que ce genre de fureur artistique se mue en marchandise négociable. "Pensez, disaient souvent les Ninivites, aux montants que vous paieriez aujourd'hui pour l'œuvre de peintres qui en leur temps avaient à peine de quoi acheter des couleurs, sans parler de se nourrir. Pensez aux chants de protestation de musiciens morts à l'hospice qu'on chante aujourd'hui lors de festivals nationaux sous des bannières publicitaires. Pour un artiste, ajoutaient-ils avec sagacité, la célébrité posthume est la meilleure des récompenses."

Mais le plus beau coup des politiciens ninivites consistait à amener les artistes à œuvrer contre eux-mêmes. Ninive était tellement imbue de l'idée que la richesse était l'objectif de la ville et que l'art, puisqu'il n'était pas immédiatement producteur de richesse, était une activité indigne, que les artistes eux-mêmes en vinrent à croire qu'ils devaient payer pour se frayer leur chemin dans le monde, en produisant un art rentable, en stigmatisant l'échec, en exigeant la discrimination positive et des lois contre l'appropriation culturelle et, surtout, en tâchant d'être agréables à ceux qui, étant riches, étaient aussi en position de pouvoir. On priait donc les artistes visuels de rendre leurs œuvres plus avenantes, aux compositeurs d'écrire des mélodies faciles à fredonner, aux écrivains d'imaginer des scénarios moins déprimants et à tout le monde d'éviter quoi ce que fût que quiconque pût considérer comme troublant ou offensant.

En des temps très reculés, durant de brèves périodes de somnolence des bureaucrates, des fonds avaient été accordés à certaines causes artistiques par des rois ninivites au cœur trop tendre ou trop faibles d'esprit. Depuis ces temps-là, des fonctionnaires plus consciencieux avaient corrigé pareille négligence financière et vigoureusement taillé dans les sommes allouées. Nul fonctionnaire n'aurait bien entendu reconnu l'existence de tels changements dans le soutien accordé aux arts par le gouvernement, et pourtant le secrétaire ninivite aux finances réussit à réduire à presque rien les fonds réellement alloués aux arts tout en affichant dans les rapports officiels un accroissement responsable de ces mêmes fonds. Ce que rendirent possible certains procédés empruntés aux poètes ninivites (dont les politiciens pillaient joyeusement les outils tout en méprisant les poètes qui les avaient inventés). La métonymie, par exemple, ce procédé par lequel un poète se sert d'une partie ou d'un attribut d'une chose pour la représenter (*couronne* pour *roi*, par exemple), permit au secrétaire aux fournitures de réduire les fonds dépensés pour subventionner le matériel professionnel des artistes. Ce que n'importe quel artiste recevait désormais de la cité, quels que fussent ses besoins, était une brosse n° 4 en poil de rat puisque, dans le lexique officiel du secrétaire, "brosse" était supposé signifier "équipement artistique". Le plus courant des outils poétiques, la métaphore, était employé avec une grande efficacité par ces génies de la finance. Prenons ce cas célèbre où, une somme de dix mille dinars d'or ayant, de longue date, été réservée au logement des artistes âgés, la simple requalification des chameaux, utilisés dans le transport public, en "logements temporaires" permit au secrétaire aux finances d'imputer le coût d'entretien des chameaux (dont la ville de Ninive avait la responsabilité) à la somme allouée au logement des artistes, puisque, de fait, les artistes âgés utilisaient les chameaux publiquement subventionnés pour se rendre d'un endroit à un autre.

"Les artistes authentiques, disaient les Ninivites, n'ont nulle raison de se plaindre. S'ils sont vraiment bons dans leur domaine, ils gagneront leur vie quelles que soient les conditions sociales. Ceux qui ne gagnent pas un centime et gémissent à propos de leur condition, ce sont les autres, les soi-disant expérimentateurs, les décadents, les prophètes. Un banquier qui ne saurait pas comment créer du bénéfice serait perdu. Un bureaucrate qui ne reconnaîtrait pas la nécessité de bloquer les choses se retrouverait sans travail. Telle est la loi de la survie. Ninive est une société tournée vers l'avenir."

Il est vrai qu'à Ninive une poignée d'artistes (et de nombreux prétendus artistes) gagnaient bien leur vie et que la société ninivite aimait à récompenser certains des créateurs des produits qu'elle consommait. Ce qu'elle refusait évidemment de reconnaître, c'était la grande majorité des artistes dont les tentatives courageuses et les échecs héroïques permettaient à d'autres de réussir. La société ninivite n'avait rien à soutenir qu'elle n'aimât ou ne comprît instantanément. La vérité était que cette grande majorité d'artistes allaient persévérer, bien sûr, quoi qu'il en fût, simplement parce qu'ils le devaient, l'esprit les y poussant nuit après nuit. Ils continuèrent à écrire, à peindre, à composer et à danser par tous les moyens qu'ils pouvaient trouver. "Comme tout autre travailleur dans la société", disaient les Ninivites.

On raconte que la première fois que Jonas entendit ce point particulier de la sagesse ninivite, il rassembla son courage prophétique et se dressa sur la place publique de Ninive pour s'adresser aux foules. "L'artiste, tenta-t-il d'expliquer, n'est pas semblable à n'importe quel autre travailleur dans la société. L'artiste traite de réalité : une réalité intérieure et extérieure transformée en symboles porteurs de sens. Ceux qui traitent d'argent traitent de métaphores derrière lesquelles il n'y a rien. Il est étonnant de penser aux milliers et milliers d'agents de change ninivites pour qui la réalité consiste en la montée et la chute arbitraires de chiffres que, dans leurs rêves, ils transforment en richesse – une richesse qui n'existe que dans leur imagination. Nul écrivain de littérature fantastique, nul artiste de réalité virtuelle ne pourrait jamais espérer faire naître dans un public une confiance aussi totale en la fiction que celle qui se manifeste dans une assemblée d'agents de change. Des adultes, hommes et femmes, qui pas une minute n'envisageraient la réalité de la licorne, même en tant que symbole, accepteront comme un fait incontestable qu'ils possèdent une part du ventre des chameaux de la nation, et forts de cette conviction, se pensent heureux et en sécurité." Au moment où Jonas atteignait la fin de ce paragraphe, la place publique de Ninive avait été désertée.

Pour toutes ces raisons, Jonas décida d'échapper à la fois à Ninive et à Dieu, et embarqua sur un navire en partance pour Tharsis. Il se trouve que, sur le bateau qui emmenait Jonas, les marins étaient tous originaires de Joppa, un port non loin de Ninive. Il était de notoriété publique que Ninive était une société que la cupidité avait rendue folle. Non qu'elle fût mue par l'ambition, qui est une pulsion créatrice que possèdent tous les artistes, mais par une compulsion stérile à l'accumulation pour l'accumulation. Joppa, en revanche, était depuis plusieurs décennies un lieu où l'on accordait aux prophètes un degré tolérable de liberté. Les habitants de Joppa acceptaient avec une relative sympathie le flux annuel d'hommes barbus, dépenaillés et échevelés et de femmes aux yeux fous, car leur présence fournissait à Joppa une publicité gratuite dès lors que les prophètes, en voyageant à l'étranger vers d'autres villes, mentionnaient le nom de Joppa en termes non dépourvus de bienveillance. En outre, la saison récurrente des prophéties attirait à Joppa des visiteurs curieux et illustres, et ni les aubergistes ni les propriétaires de caravansérails ne se plaignaient des demandes adressées à leur capacité d'accueil.

Mais lorsque les temps devinrent durs à Ninive et que les difficultés économiques de la cité vinrent ruisseler jusqu'à la petite ville de Joppa, quand les bénéfices des affaires baissèrent et que les riches Joppites se virent contraints à vendre l'un de leurs chariots ornementés à six chevaux ou à fermer une ou deux de leurs usines à sueur des environs, la présence à Joppa des artistes-prophètes devint l'objet d'une réprobation non déguisée. La tolérance et la fantaisiste générosité des temps plus fortunés prirent désormais aux yeux des citoyens de Joppa les allures d'un coupable gaspillage, et beaucoup d'entre eux pensèrent que les artistes qui abordaient dans leur pittoresque petit port n'avaient rien à exiger et devaient se sentir reconnaissants du peu qu'ils recevaient : reconnaissants lorsqu'ils étaient logés dans les immeubles les plus minables de Joppa, reconnaissants lorsqu'on leur refusait des instruments de travail convenables, reconnaissants lorsqu'ils étaient autorisés à financer eux-mêmes leurs projets insensés. Quand ils furent forcés à déménager de leurs chambres afin de les céder à des hôtes payants venus de Babylone, les artistes s'entendirent rappeler que, en tant qu'artistes, ils devaient savoir que c'était chose honorable que de coucher sous les étoiles, enroulés dans des peaux de chèvres odorantes, exactement comme les illustres prophètes et poètes d'avant le Déluge.

Et pourtant, même en ces temps difficiles, la plupart des Joppites gardaient pour les prophètes une forme d'affection sincère, un peu comme celle que l'on éprouve pour de vieux animaux familiers qui sont là depuis l'enfance, et ils essayaient de diverses façons de les accueillir même quand les choses tournaient mal. C'est ainsi que lorsque la tempête s'éleva et que le bateau de Joppa fut ballotté par des vagues furieuses, les marins joppites se sentirent mal à l'aise et hésitèrent avant d'en faire porter la responsabilité à Jonas, leur hôte artistique. Ne souhaitant pas prendre des mesures radicales, ils tentèrent de prier leurs propres dieux, dont ils savaient qu'ils commandaient aux cieux et à la mer, mais sans résultat visible. De fait, la tempête ne faisait qu'empirer, comme si les dieux joppites avaient d'autres sujets de préoccupation et trouvaient agaçantes les plaintes des marins. Alors ceux-ci se tournèrent vers Jonas (qui se trouvait dans la cale, en train d'attendre en dormant la fin de la tempête, ainsi que le font parfois les artistes), ils le réveillèrent pour lui demander son avis. Même lorsque Jonas leur dit, non sans un rien de fierté artistique, que la tempête était entièrement de sa faute, les marins éprouvèrent de la réticence à le jeter par-dessus bord. Quelle force de vent un artiste famélique pouvait-il bien susciter ? Quelle colère un misérable prophète pouvait-il inspirer à la mer violacée ? Mais la tempête empirait, le vent hurlait dans les cordages, les planches gémissaient et criaient sous l'assaut des vagues et, à la fin, l'un après l'autre, les marins se rappelèrent les vieux truismes ninivites appris sur les genoux de leurs grands-mères : que tous les artistes étaient, d'une manière générale, des parasites, et que la seule chose que faisaient de leurs journées Jonas et ceux de son acabit, c'était composer des poèmes dans lesquels ils râlaient à propos de ci et geignaient à propos de ça, accablant de menaces les vices les plus innocents. Et pourquoi une société qui carbure à la cupidité soutiendrait-elle quelqu'un qui ne contribue pas à l'accumulation immédiate de richesse ? Par conséquent, comme l'expliqua l'un des marins à ses camarades, ne vous reprochez pas d'être mauvais marins. Acceptez simplement le *mea culpa* de Jonas et jetez ce salopard à la mer. Il ne résistera pas. En fait, c'est lui qui l'a demandé.

Désormais, même si Jonas avait eu des regrets et avait défendu l'idée que peut-être un bateau, ou le navire d'un État, pourrait bien s'accommoder de quelques sages prophéties en guise de ballast pour assurer son équilibre, les marins avaient appris de leur longue familiarité avec les politiciens ninivites l'art de faire la sourde oreille. Eux qui zigzaguaient à travers les océans du monde à la recherche de nouvelles terres où pratiquer un commerce libre et profitable, ils estimaient que quoi que pût dire ou faire un artiste, le poids de l'argent constituerait toujours un ballast plus sûr que n'importe quel argument artistique.

Dès qu'ils eurent jeté Jonas par-dessus bord, la mer retrouva son calme et les marins tombèrent à genoux pour remercier le dieu de Jonas. Personne n'aime être ballotté sur un bateau désemparé, et comme le bateau avait cessé d'être désemparé aussitôt que Jonas avait touché l'eau, les marins en avaient immédiatement conclu qu'il convenait de tenir ce dernier pour effectivement responsable de la tempête et que leur action avait été justifiée. Ces marins n'avaient manifestement bénéficié ni d'une éducation classique ni du don de prédire l'avenir, sinon ils auraient su que la querelle sur l'élimination des artistes avait jadis joui (et allait jouir à nouveau dans les siècles à venir) d'une réputation vénérable. Ils auraient su qu'il existe une tendance millénaire, infiltrée dans les fondements de toutes les sociétés humaines, à éviter l'inconfortable créature qui tente sans cesse de modifier les principes de nos certitudes. À commencer par Platon, pour qui le véritable artiste est l'homme d'État, l'individu qui donne sa forme à l'État conformément à un modèle divin de Justice et de Beauté. L'artiste ordinaire, en revanche, écrivain ou peintre, ne reflète pas cette noble réalité mais produit en lieu et place de simples fantaisies, impropres à l'éducation de la jeunesse.

Cette notion selon laquelle l'art n'est utile que s'il sert l'État fut adoptée avec enthousiasme par toute une succession de gouvernements divers : l'empereur Auguste bannit le poète Ovide à cause d'un écrit qu'Auguste trouvait secrètement menaçant. L'Église condamnait les artistes qui détournaient les fidèles des dogmes sacrés. À la Renaissance, on achetait et vendait les artistes comme les courtisans, et aux XVIIIe et XIXe siècles ils n'étaient plus (du moins dans l'imaginaire du public) que des créatures vivant dans des taudis et trépassant à force de mélancolie et de consomption. Flaubert a défini la vision bourgeoise de l'artiste dans son *Dictionnaire des idées reçues* : "Artistes : tous farceurs – Vanter leur désintéressement (vieux). – S'étonner de ce qu'ils sont habillés comme tout le monde (vieux). – Gagnent des sommes folles, mais les jettent par les fenêtres. – Souvent invités à dîner en ville. – Femme artiste ne peut être qu'une catin."

Ainsi Jonas fut-il jeté à l'eau et avalé par un gros poisson. La vie dans le ventre sombre et moelleux du poisson n'était en réalité pas si désagréable. Pendant trois jours et trois nuits, bercé par des gargouillements de plancton et de crevettes mal digérés, Jonas eut le temps de réfléchir. C'est un luxe que les artistes connaissent rarement. Dans le ventre du poisson, pas de date limite, pas de notes d'épicier à payer, pas de couches à laver, pas de dîner à préparer, pas de conflits familiaux dans lesquels se trouver entraîné à l'instant précis où le mot juste arrivait pour compléter le sonnet, pas de directeurs de banque auprès de qui plaider sa cause, pas de critiques qui font grincer les dents. C'est ainsi que, pendant ces trois jours et trois nuits, Jonas réfléchit, pria, dormit et rêva. Et quand il se réveilla, il avait été vomi sur la terre ferme et la voix de Dieu le harcelait de nouveau : “Allez, retourne à Ninive et joue ta partition. Peu importe leur réaction. Tout artiste a besoin d’un public. Tu le dois à ton œuvre.”

Cette fois, Jonas fit ce que Dieu lui ordonnait. Une certaine confiance en son talent s’était imposée à lui dans le ventre du poisson, et il ressentait la nécessité de faire connaître son art à Ninive. Mais à peine eut-il commencé sa déclamation, à peine eut-il dit cinq mots de son texte prophétique que le roi de Ninive tomba à genoux et se repentit, que les habitants de Ninive déchirèrent leurs chemises et se repentirent, et jusqu’au bétail de Ninive qui meugla à l’unisson pour montrer que lui aussi se repentait. Et le roi, les habitants et le bétail de Ninive, tous se vêtirent de toile à sac et se couvrirent la tête de cendre, s’assurant les uns aux autres que c’en était bien fini du passé et adressant leurs gémissements de repentir au Seigneur au plus haut des cieux. À la vue de cette orgiaque manifestation de repentance, Dieu libéra de sa menace les gens et le bétail de Ninive. Ce qui mit évidemment Jonas en fureur. En lui se rebellait ce que d’aucuns ont qualifié d’esprit d’“anarchie”, et il s’en fut bouder dans le désert à quelque distance de la ville graciée.

Il faut se rappeler que Dieu fit pousser une plante dans le sol nu afin d’abriter Jonas de la chaleur, et que ce geste charitable de Dieu suscita la reconnaissance de Jonas, après quoi Dieu fit retourner la plante à la poussière et Jonas se retrouva à rôtir au soleil. Nous ne savons pas si le tour joué par Dieu à l’aide de cette plante relevait de la leçon censée convaincre Jonas de ses bonnes intentions. Peut-être Jonas vit-il dans ce geste une allégorie des fonds qui lui avaient été d’abord alloués et puis retirés après les réductions par le Fonds national de Ninive pour les arts – un geste qui le laissait frire sans protection sous le soleil à son zénith. Jonas comprit certainement qu'en période de difficulté, dans une période où les pauvres sont plus pauvres et où les riches ont du mal à se maintenir dans la fourchette fiscale des milliards de dollars, Dieu n'allait pas se soucier de questions de mérite. Étant lui-même un auteur, Il éprouvait sans nul doute une certaine sympathie pour la situation sans issue de Jonas, qui avait besoin de temps pour travailler à ses réflexions sans avoir à penser à son pain quotidien, qui souhaitait que ses prophéties paraissent dans la liste des best-sellers du *Times* de Ninive et pourtant ne voulait pas être confondu avec les auteurs de littérature alimentaire ou sentimentale, qui souhaitait émouvoir les foules par ses mots brûlants, mais en les poussant à la révolte, pas à la servilité, qui souhaitait que Ninive se regarde au plus profond de l'âme et reconnaisse que sa force, sa sagesse, sa vie même, ne se trouvaient pas dans les piles de pièces d'or croissant de jour en jour telles des pyramides funéraires sur les bureaux des financiers mais dans le travail de ses artistes et les mots de ses poètes ainsi que dans la rage visionnaire de ses prophètes, dont le boulot consistait à assurer le roulis du bateau afin d'empêcher les citoyens de s'endormir. Tout cela, Dieu le comprenait, comme il comprenait la colère de Jonas, car il n'est pas impossible d'imaginer que Dieu lui-même apprenne quelque chose de Ses artistes.

Quoi qu'il en soit, même si Dieu pouvait tirer de l'eau d'une pierre et provoquer le repentir des habitants de Ninive, il ne pouvait toujours pas les faire réfléchir. Du bétail, incapable de réflexion, il pouvait avoir pitié. Mais, parlant à Jonas comme de Créateur à créateur, comme Artiste à artiste, que pouvait faire Dieu d'individus qui, comme Il le disait avec une si divine ironie, “ne distinguent pas leur main droite de la gauche” ?

Sur quoi, Jonas hocha la tête et garda le silence.

DONA EMILIA

Peut-être pourrait-on définir les pays grâce aux personnages les plus aimés de leurs livres d'enfant. On verrait l'Angleterre comme Alice, sans cesse confrontée à des règles sociales et des préjugés absurdes, l'Italie comme un Pinocchio rebelle et joyeux, qui veut devenir un "vrai garçon", la Suisse comme Heidi la petite fille bien sage, le Canada comme Anne, la survivaliste intelligente et concernée des Pignons Verts. Peut-être les États-Unis se verraient-ils reflétés par Dorothée, une héroïne qui finira par découvrir que la Cité d'Émeraude doit sa merveilleuse couleur aux lunettes teintées de vert que ses citoyens sont obligés

de porter, et que le magicien qui la gouverne n'est qu'un imposteur dont le succès réside dans le fait qu'il donne aux gens ce qu'ils croient vouloir sous le coup de brèves crises émotionnelles. "Comment puis-je cesser d'être un charlatan ? se demande le grand Oz dans les dernières pages de l'histoire, avec tous ces gens qui me font faire des choses dont tout le monde sait qu'elles sont impossibles."

Dans un tel contexte, on pourrait voir le Brésil sous les traits de Dona Emilia, la poupée de chiffon faite de bouts de tissus différents, à laquelle tante Anastasia, la cuisinière noire, a donné la vie dans la ferme du *Picapau amarillo* (le pic jaune), quelque part dans la campagne brésilienne. En dehors du Brésil et, dans une certaine mesure, dans quelques autres pays sud-américains, Dona Emilia, tante Anastasia et le reste des habitants de la ferme sont inconnus, mais au Brésil ils sont immortels grâce au livre d'un écrivain du début du XXe siècle, José Bento Renato Monteiro Lobato.

La ferme du Pic Jaune est la propriété de Dona Benta et de ses deux petits-enfants, Pedrinho et Lucia, dite Narizinho en raison de son petit nez retroussé. Dans la ferme, les enfants et leur grand-mère font vivre une horde de personnages imaginaires (et pas si imaginaires que ça) comprenant le sage pantin en épi de maïs appelé vicomte de Sabugosa, l'unijambiste Saci Perere et sa pipe malodorante, et toute une série d'animaux doués de la parole. Il y a aussi une créature effrayante, Cuca, qui vient la nuit perturber les rêves des enfants.

Dona Emilia est la préférée de Narizinho, qui refuse de prendre un repas si la poupée n'est pas assise à côté d'elle. Grâce à une pilule que lui a donnée le mystérieux Docteur Caramujo, Dona Emilia est douée de parole. Ses premiers mots sont une protestation contre l'affreux goût de peau de crapaud que la pilule lui a laissé dans la bouche et, dès lors, Dona Emilia devient une fontaine d'observations critiques, de *bons mots** ironiques, d'idées anarchiques et de réflexions indépendantes qui créent un univers verbal bouillonnant souvent plus puissant et plus vrai que celui du monde de l'herbe des pampas et des palmiers

À quelques volumes du début de la saga, Dona Emilia décide d'écrire ses Mémoires, à l'imitation de celles d'un autre illustre bâtisseur de mondes, "l'Anglais Robinson Crusoé". Ses Mémoires commencent dans le style traditionnel : "Je suis née en l'an *** dans la ville de ***, d'une famille pauvre mais honnête." Quand le vicomte, qui, bien qu'il soit le plus instruit, s'est laissé persuader de devenir son scribe, lui demande si tous ces astérisques sont censés cacher son âge réel, Dona Emilia, en éternelle perturbatrice, lui répond : "Non. C'est seulement pour embêter les historiens fouineurs, plus tard." À Dona Benta, qui lui demande d'expliquer ce que sont ces Mémoires qu'elle écrit, Dona Emilia explique : "Un auteur de Mémoires écrit jusqu'à ce qu'il sente approcher le jour de sa mort. Alors il s'arrête en laissant la fin en blanc. Et puis il meurt en paix." Et elle ajoute : "Mais je n'ai pas l'intention de mourir. Je ferai juste semblant que je meurs et mes derniers mots seront : alors je mourus." Tristram Shandy se rappelant les jours précédant sa naissance et Dona Emilia ceux suivant sa mort se tiennent aux deux pôles littéraires de l'art de l'autobiographie.

Dona Emilia possède des pouvoirs magiques et peut voyager dans le temps et dans l'espace, emmenant parfois Narizinho et Pedrinho avec elle jusqu'à de lointaines planètes et des temps reculés. Où qu'elle aille, elle laisse sa marque, et elle fait connaître aux enfants toutes sortes de créatures fantastiques et de figures historiques, centaure, Hercule ou Périclès. Comme on lui demande si ce qu'elle raconte dans toutes ces aventures est vrai, Dona Emilia explique : "La vérité est une sorte de mensonge bien ficelé, un mensonge dont personne ne doute. Rien de plus."

Après la mort de Monteiro Lobato, des critiques l'ont accusé de racisme et ont tenté de mettre son œuvre au ban (de même qu'en Angleterre on a voulu proscrire les histoires de Oui-oui, d'Enyd Blyton, et, au Japon, les aventures de Pinocchio), en rappelant les allusions méprisantes aux personnages noirs dans ses contes. Ces reproches peuvent être justifiés en ce qui concerne l'auteur, mais ils passent à côté de ce que les enfants lisent dans ces histoires et des souvenirs qu'ils en garderont lorsqu'ils seront adultes. Il y a quelque chose dans les aventures à la ferme du Pic Jaune qui dépasse de loin les éventuels préjugés que l'auteur pourrait avoir entretenus personnellement et qui transforme Dona Emilia et ses amis en compagnons aussi dignes de confiance que nécessaires dans notre cheminement à travers les mensonges bien ficelés qui sont devenus notre carte du monde.

LE WENDIGO

Nous savons depuis longtemps que toute chose doit avoir son ombre : le jour a la nuit, la vie consciente a le sommeil, le visage public cache des pensées privées. À l'une des portes d'une petite église dans le Nord du Québec se trouve une statue de femme : vue de face, elle paraît charmante, mais vue de dos elle révèle une masse de vers et d'asticots grouillant entre les entrailles et les côtes exposées.

Isolés dans les régions hivernales du Canada qui s'étendent entre les rivières Saint-Maurice et Ottawa, les chasseurs algonquiens imaginèrent un terrible compagnon pour prêter une forme à leurs peurs.

Le vent hurlant lui conféra sa vélocité et sa voix, la neige un cœur de glace, les grands arbres une stature gigantesque, le brouillard déchiqueté son visage mutilé et ses lèvres rongées entre lesquelles apparaissent des dents menaçantes. Mais le plus hideux de tout, c'est que la crainte qu'avaient les chasseurs eux-mêmes de mourir de faim rendit la créature avide de chair humaine.

Ils l'appelaient le Wendigo, ou Windigo, ou Wittako, ou Wittikka (il existe trente-huit orthographes différentes), et dans la langue d'autres tribus il prit d'autres noms, tels qu'Atchen ou Wechuge. En 1743, le marchand James Isham nota le mot comme "Whiteco" et le traduisit carrément en "le Diable". Au début, ceux qui croyaient au Wendigo tentèrent dans de nombreuses chroniques d'avouer une terreur paralysante qu'ils étaient incapables de formuler. Dans des descriptions plus tardives, seul demeure le fantôme de cette peur fantomatique, et le Wendigo est soit étudié avec un sang-froid anthropologique ou sous l'égide de la curiosité psychologique, soit reconstitué à partir de squelettes glacés grâce aux outils de la fiction, comme dans les histoires d'Algernon Blackwood et d'August Derleth.

Tels le vampire ou le loup-garou, le Wendigo est un esprit contagieux, capable de faire de nous tous des wendigos. John Robert Colombo, expert ès Wendigo, explique les différentes façons dont cela peut se passer : "Être mordu par la créature égale contamination certaine. Rêver d'un Wendigo, c'est en devenir un. Un homme-médecine ou un shaman peut, par sorcellerie, métamorphoser du jour au lendemain un individu sain en monstre assoiffé de sang." Une fois infectée, la malheureuse victime n'a d'autre issue que la mort. La nouvelle de David Thompson intitulée "Mangeurs d'homme" raconte l'histoire d'un certain Nahathaway, ou Indien Cree, "bon travailleur et trappeur de castors, mais médiocre chasseur d'orignal", qui à deux reprises a été réduit par la faim à un doigt de manger l'un de ses enfants. Ce saturnin désir demeure ardent en lui et empire lorsqu'il boit du grog. Il marmonne alors d'un air pensif *"nee weet to go"* (que le serviable Thompson traduit pour nous par "je dois être un mangeur d'homme") et quand il en arrive là ses compagnons le ligotent jusqu'à ce qu'il recouvre son calme. "Trois ans après, conclut Thompson, cette triste humeur le reprenait si souvent que les Indigènes s'alarmèrent. Ils l'abattirent et réduisirent son corps en cendres afin d'empêcher son fantôme de rester en ce monde."

La faim engendre la faim, et les mangeurs gloutons suscitent chez le Wendigo une attention particulière. L'anthropologue Diamond Jenness déclare qu'"un gourmand qui mange du beurre ou de la graisse à la cuiller, ou boit de la sauce dans un bol au lieu de la mélanger à ses pommes de terre est éminemment susceptible de se transformer en Wendigo". On entraîne donc les enfants à manger avec prudence.

Le Wendigo, on l'a dit, est cannibale mais aussi, de façon plus mystérieuse, l'image cauchemar de nous-mêmes, à l'instar du *Doppelgänger* allemand et du *fetch* écossais (du verbe *to fetch*, aller chercher, car il "vient chercher" les mourants). Rencontrer son double est un signe de malheur imminent (sauf dans le folklore juif, où une telle rencontre annonce le don de prophétie), et la victime est ostracisée par ses proches. Cet aspect du Wendigo est décrit dans une ballade de C. D. Shanly, *"The Walker on the Snow"* ("Le marcheur sur la neige"), publiée en 1859, dans laquelle un voyageur égaré rencontre "une silhouette floue" qui, tel Virgile, marche à ses côtés sans laisser de traces de pas sur la neige. L'apparition est si effrayante que les cheveux du voyageur deviennent blancs, et lorsqu'il est secouru par un groupe d'autres trappeurs, nul n'ose lui parler. "Mais ils ne parlaient pas en me soulevant / car ils savaient que dans la nuit / j'avais vu le chasseur fantôme / et ce fléau m'avait flétri."

Est-ce la blancheur des espaces glacés du Nord qui appelle la présence fantomatique du Wendigo, ou est-ce cette figure cauchemardesque, trop terrible pour être acceptée comme une création de notre esprit, que nous ancrons dans la page blanche du paysage hivernal ? Le désert d'Arabie engendre la *fata morgana*, les vertes collines d'Irlande sont criblées de Petits Hommes, l'insondable océan est la demeure du Kraken, qui ne se lèvera qu'après que l'ultime trompette aura retenti. Le Canada a choisi d'être hanté par quelque chose d'aussi vaste et blanc que son image sur la carte au mur de la classe, une chose indéfinie et secrète, l'ombre effroyable de son caractère accueillant.

LE GRAND-PÈRE DE HEIDI

Nul ne semble savoir grand-chose de la vie de cet ermite. Il est censé être désagréable, grognon et peu sociable, et a la réputation de montrer la porte aux gens s'ils grimpent jusqu'à son chalet haut perché dans les Alpes suisses. D'un bout à l'autre de l'année, il se tient à l'écart de l'église. Les gens le considèrent comme un païen, avec ses sourcils broussailleux qui se joignent au milieu comme un fourré et son énorme barbe grise hirsute. Lorsque, une fois tous les douze mois, il déambule sur la route de montagne avec son bâton tordu, tout le monde s'écarte de son chemin. Chacun a peur de le rencontrer seul. On l'appelle "l'Oncle de l'alpage", mais personne ne sait exactement pourquoi.

Une rumeur veut que l'Oncle de l'alpage ait été autrefois l'héritier d'une grosse ferme et que, dans sa jeunesse, en jouant les beaux messieurs dans une ville des environs, il ait tout perdu à boire et à jouer. Ses parents calvinistes en moururent de chagrin et lui-même disparut pendant quelque temps, nul ne sait exactement où. Après de nombreuses années, il revint au village avec un fils adolescent, Tobias. Tobias devint charpentier, et se révéla être un type paisible et sûr, qui convola en justes noces avec une jeune fille nommée Adelheid. Un jour que Tobias prenait part à la construction d'une maison, une poutre tomba sur lui et le tua. Adelheid ne se remit jamais de ce choc et quelques semaines après la mort de Tobias elle mourut à son tour, laissant une petite fille d'un an, prénommée Heidi comme sa mère. Les gens dirent que le ciel avait puni l'Oncle de l'alpage pour ses méfaits, et le fait est qu'après la mort de son fils, il ne parla plus à âme qui vive. Monté à l'alpage, il y vécut depuis lors, "sans dents, sans yeux, sans goût, sans rien !" comme l'eût dit Jacques, maudissant Dieu et ses œuvres dans *Comme il vous plaira*.

Heidi est élevée par sa tante maternelle et sa fille, mais quand cette dernière se voit proposer un emploi à Francfort, elles décident de confier Heidi à son misanthrope de grand-père. Ce qui convient parfaitement à Heidi. Dans le chalet du vieillard avec les chèvres (dites Blanchette pour la blanche et Noiraude pour la brune), dormant sur un lit de foin qu'elle s'est choisi, entourée par un paysage de carte postale, fleurs blanches et aigles criards, la fillette de cinq ans découvre la liberté de faire ce qui lui plaît. Et plus tard, lorsqu'on l'envoie à

Francfort pour y être éduquée aux manières des gens civilisés et tenir compagnie à une enfant malade, elle continue à exercer sa liberté, trouvant moyen d'aider les gens qu'elle a quittés même si, comme elle le dira plus tard à son grand-père, elle a parfois l'impression de ne pouvoir supporter d'être loin de lui et des montagnes et d'étouffer de ne pouvoir confier son chagrin à personne, car "cela ne serait pas gentil". Enfant de la nature (comme Huckleberry Finn, comme Mowgli, comme Peter Pan), Heidi a le tempérament du "bon sauvage" de Rousseau : d'une bonté intrinsèque, elle apporte des petits pains moelleux à la vieille aveugle dont elle s'est faite une amie, et elle prend soin de tous. Le monde voit en Heidi l'emblème de la Suisse, dispensatrice du consolant équivalent du chocolat et du compte bancaire *offshore*.

À la fin, le vieux païen est sauvé. "Personne ne peut revenir en arrière, et celui que Dieu a oublié, il l'a oublié pour toujours", dit-il à sa petite-fille. Laquelle corrige cette erreur dogmatique : "Mais non, grand-père, lui dit-elle, on peut revenir en arrière, tu sais." Convaincu, le grand-père se rend à l'église pour la première fois depuis la mort de son fils et connaît une renaissance spirituelle. "Tu vois, dit-il à Heidi, je ne me suis jamais senti aussi bien qu'aujourd'hui. On se sent tellement bien quand on a fait la paix avec Dieu et avec les hommes ! Le Bon Dieu m'a gâté en te faisant venir chez moi." On entendrait presque sonner les cloches de l'église à l'arrière-plan et les chœurs angéliques dans le ciel. Voilà une fin bien suspecte pour ce vieux bouc autocrate qui, sous ses traits sévères et broussailleux, paraît toujours sur le point d'exploser.

Si Heidi est une figure sociable et rédemptrice, qui est donc ce grand-père bourru enfin racheté ? Que représente-t-il, refermé sur lui-même tel un porc-épic, dans son domaine bucolique qui tutoie les cieux ?

Neutre, exiguë, ceinte de montagnes, la Suisse se défend, dit-on, selon le principe du porc-épic : roule-toi en boule et brandis tes piquants. Depuis sept siècles, les Suisses sont d'avis que la meilleure des défenses ne consiste pas à attaquer mais à se tenir paisiblement armés jusqu'aux dents entre deux yodels. Ils ne se sont jamais engagés dans un conflit extérieur, même quand les guerres mondiales faisaient rage autour d'eux. Leur armée est faite de leurs citoyens, qui ont l'obligation de s'entraîner et conservent chez eux leurs uniformes et leurs armes, à côté des alpenstocks et des culottes de cuir. Ils ont transformé leur pays en un formidable dépotoir d'explosifs où tous les ponts et tunnels stratégiques sont connectés et prêts, en cas d'invasion, à exploser à la faveur du tout petit geste qu'effectuera un doigt prévenant. Pour des ennemis de la Suisse, le sabotage consisterait à enlever des bombes, et non à les poser. La devise officieuse de la Suisse est, non sans une certaine ironie, celle des Trois Mousquetaires : "Tous pour un, un pour tous."

John Ruskin abominait ce qu'il appelait le "sophisme pathétique", l'attribution d'émotions humaines à un paysage, et soutenait que "l'homme qui voit juste en dépit de ses sentiments" percevra les choses de ce monde, une primevère par exemple, "dans sa simple réalité feuillue, si variées et nombreuses que soient les associations et passions qui l'entourent". Et pourtant : est-ce une erreur que de voir dans le pays montagneux où il vit un écho du grand-père malgré lui de Heidi, vaquant fallacieusement à ses affaires sans jamais cesser de nourrir en ses tréfonds des passions explosives et cet avertissement : “Défense d’entrer sous peine d’être pris pour cible” ?

LA SAGE ÉLISE

Les contes de fées ont une façon à eux d'expliquer subrepticement une bonne partie de ce qui est sombre et effrayant dans notre monde. Notre nature sceptique leur a prêté les connotations du mensonge, du vœu pieux et autres illusions, mais quelque chose de plus profond que l'incrédulité nous empêche d'oublier que le remède à un mauvais sort peut consister en cent ans de sommeil et que quelque chose de méchant et pourvu de grandes dents peut nous attendre, couché dans le lit de notre grand-mère.

"La sage Élise" est l'histoire d'une jeune fille promise en mariage par ses parents si elle fait preuve non seulement d'intelligence mais aussi de prudence.

Durant le repas auquel ses parents ont invité Hans, son futur époux, Élise descend à la cave pour tirer de la bière. Levant les yeux au plafond, elle remarque une pioche plantée dans la poutre juste au-dessus de sa tête et se dit : "Si je me marie, que j'ai un enfant, qu'il grandit, et que je l'envoie à la cave pour tirer de la bière, cette pioche pourrait lui tomber sur la tête et le tuer !" Prise de panique, Élise fond en larmes. Pendant ce temps, ses parents, inquiets qu'elle mette si longtemps à revenir à table, envoient la servante voir ce qui se passe en bas. Élise lui ayant expliqué la raison de ses craintes, la servante se joint aux larmes et gémissements de sa maîtresse. Un garçon est alors envoyé à la cave s'enquérir de la servante, la mère suit le garçon, le père suit la mère et tous se lamentent douloureusement à l'idée du sort du fils qui pourrait naître un jour. Finalement, Hans rejoint la famille à la cave, écoute leur histoire et leur déclare qu'Élise est en effet "intelligente et prudente" et qu'on peut célébrer le mariage. La question de la bière passe complètement à la trappe.

Nous avons tous été, à un moment ou à un autre, appelés à la cave pour y être témoin d'un événement prétendument proche et déplorer une tragédie qui ne s'est pas encore passée au lieu de décrocher la pioche qui pourrait un jour menacer la vie d'un enfant inexistant. La différence est grande entre une inquiétude sérieuse face à l'état des choses provoqué par la corruption, la cupidité et la soif de violence, et le sentiment fabriqué d'une menace imminente dont nul n'est tenu pour responsable. Des choses terribles se sont en effet produites et se produisent encore chaque jour et chaque nuit, non pas à cause d'une pioche qui pourrait un beau jour tomber et nous tuer – mais bien à cause des agissements d'un certain nombre d'hommes et de femmes dépourvus de morale. "Les dieux sont devenus des maladies, a écrit C. G. Jung dix ans après la fin de la Seconde Guerre mondiale. Zeus ne régit plus l'Olympe mais le plexus solaire et il crée des cas pour le cabinet du médecin, ou encore trouble le cerveau des politiciens et des journalistes qui déclenchent à leur insu des épidémies psychiques."

Les paniques quotidiennes provoquées par les *"fake news"* et les théories du complot ont été extrêmement utiles aux détenteurs du pouvoir car la peur leur permet de prendre des mesures et de promulguer des décrets qui ne seraient jamais autorisés à passer en des temps plus raisonnables. "Pourquoi aucun économiste politique n'a-t-il prévu ce qui allait arriver ?" , telle est la question que posent les Élise quand les nuages noirs du destin sont annoncés au journal du soir, et elles exigent de nos économistes politiques de percutantes proclamations de vœux pieux. "La véritable science de l'économie politique", a écrit John Ruskin dans *Il n'y a de richesse que la vie*, "– qui doit encore être distinguée de sa science bâtarde, comme la médecine de la sorcellerie, et l'astronomie de l'astrologie – est celle qui enseigne aux nations à désirer et travailler pour les choses qui conduisent à la vie, et à mépriser et détruire les choses qui amènent à la destruction." Face à des contre-vérités, la devise des lecteurs crédules est celle de saint Paul : "Je crois parce que c'est impossible" ; la devise des lecteurs de fiction est celle de la Tortue "fantaisie" : "Je n'avais jamais entendu ça dans le genre inepte, ça m'a l'air d'être une réussite."

Qu'arrivera-t-il si, comme Élise, nous nous en tenons à une telle prétendue intelligence ? Qu'arrivera-t-il si nous renonçons à réfléchir sainement et, nous laissant entraîner dans un état de panique qui nous lessive le cerveau, nous réagissons à des propos politiques incohérents et à des théories du complot, désormais incapables de réagir comme des individus pensants, sans plus savoir qui nous sommes vraiment ?

Le conte propose une fin qui est une mise en garde. Après avoir épousé Élise, Hans l'envoie travailler aux champs. Mais la sage Élise décide de commencer par manger et faire la sieste, si bien que lorsque son mari vient la chercher pour la ramener à la maison, il la trouve dormant à poings fermés au milieu du champ non fauché. Pour la punir, il jette sur elle un filet à oiseaux garni de clochettes et la laisse dormir. Quand elle se réveille, Élise s'aperçoit qu'il fait noir, elle entend tinter les clochettes et se demande si elle est vraiment elle-même. Ahurie, elle rentre à la maison et frappe à la fenêtre. "Élise est-elle dedans ? demande-t-elle. – Oui, répond son mari, impitoyable. Elle est dedans." Alors une immense panique envahit Élise. "Oh, mon Dieu, alors je ne suis pas moi", s'écrie-t-elle, et elle s'enfuit, dépouillée de son nom et de sa personne, très loin de son village. Et personne ne l'a revue depuis.

LONG JOHN SILVER

L'histoire de la naissance de *L'Île au trésor* est bien connue ; celle de son pirate le plus célèbre l'est moins. Robert Louis Stevenson et sa famille étaient revenus en Angleterre en juillet 1880 après un séjour épuisant en Californie et ses parents, soucieux de sa mauvaise santé, avaient suggéré une cure de repos à Braemar, en Écosse. Stevenson et son beau-fils âgé de treize ans, Lloyd Osbourne, avaient entrepris quelque temps auparavant une collaboration littéraire. Stevenson avait fait cadeau au jeune garçon d'une presse miniature et, obéissant aux urgentes requêtes du tout nouvel imprimeur, il composa une série d'"emblèmes" poétiques qui furent imprimés,

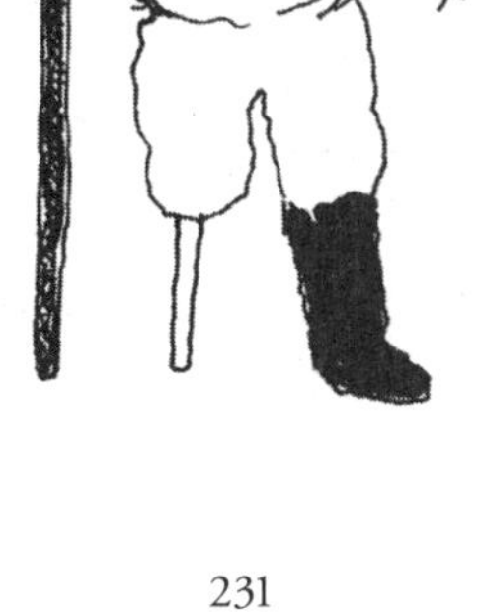

illustrés de gravures sur bois de l'auteur, pour une édition limitée, réservée à la famille.

À Braemar, Lloyd avait décoré sa chambre avec des dessins de son cru et, à cette décoration, Stevenson apporta sa contribution sous forme d'une carte coloriée à la main représentant une île imaginaire. Cédant à l'insistance de Lloyd, qui supposait avec raison que sous la carte gisait un récit, Stevenson se mit à raconter une histoire de pirates et de trésor enfoui. La seule exigence de son unique auditeur était que l'intrigue ne comportât pas de femme. L'histoire se mit à se dérouler avec une telle aisance que Stevenson décida de la rédiger. Chaque soir, après en avoir fini avec le travail de la journée, il faisait la lecture à Lloyd de ce qu'il avait écrit. Bientôt, le père de Stevenson vint s'ajouter à l'auditoire et, vieillard et gamin, tous deux suivirent avec un enthousiasme ravi le déploiement des aventures. Stevenson n'avait écrit jusqu'alors que des nouvelles, des poèmes et des essais. Il ne s'était jamais lancé dans un roman. À présent, l'occasion s'en était présentée comme par magie.

Durant toute sa vie, Stevenson avait souffert de tuberculose et, arrivé à la fin du chapitre 16, il se sentait trop faible pour continuer. Mais lorsqu'un magazine pour enfants, *Young Folk*, proposa de publier l'œuvre en feuilleton sous le titre *Le Maître-coq*, il sut qu'il lui fallait trouver un moyen de poursuivre. Âgé à l'époque de trente et un ans, il était le seul soutien de la famille.

Afin de lui permettre de respirer un air plus sain, celle-ci alla s'installer en Suisse, à Davos. Là, il se sentit revigoré et capable de se remettre au travail. Assis dans son lit, car il lui était interdit de se lever avant midi afin de ne pas surmener ses poumons, il écrivit chapitre après chapitre et, le soir venu, il profitait de son énergie retrouvée pour en faire la lecture à sa famille. Après la parution du dernier chapitre dans le magazine, Stevenson décida d'en modifier le titre et donna au livre celui de *L'Île au trésor*.

Plusieurs des personnages sont mémorables : le capitaine Billy Bones, chantant sa chanson de pirate en attendant patiemment une mort annoncée ; l'abominable Pew, l'aveugle dont la voix est plus violente que la violence de ses gestes ; le brave châtelain John Trelawney, trop prompt à se fier aux apparences ; le sévère Dr Livesey, qu'allèchent les trésors cachés ; Ben Gunn l'abandonné, piégé sur l'île, à un doigt de la folie ; et le narrateur, le jeune Jim Hawkins, qui risque sa vie et celle de ses compagnons pour le frisson d'une aventure. Mais aucun n'est aussi inoubliable que Long John Silver, le marin unijambiste, dont le perroquet répète ces mots menaçants : "Pièces de huit !" Lorsque, au premier tiers du livre, Silver est recruté en tant que cuisinier du bord par le candide Trelawney, le châtelain comme le médecin qualifient Silver d'"honnête homme", associant ainsi le personnage à son nom, symbole universel de fermeté et de pureté. L'écho de l'adjectif "honnête" résonnera tout au long du livre comme un sardonique avertissement au lecteur.

Silver est louche, trouble, intelligent, intimement ambigu. Afin de lui donner vie, Stevenson pensa à son ami William Ernest Henley. Henley était un homme de lettres, meilleur lecteur qu'écrivain, qui avait souffert dans son enfance d'arthrite tuberculeuse, maladie qui avait entraîné l'amputation de l'un de ses pieds. Durant sa convalescence à l'hôpital, Henley rencontra Stevenson et les deux hommes, devenus grands amis, écrivirent en collaboration quelques pièces de théâtre tombées dans un oubli mérité. S'il n'était guère remarquable en tant qu'écrivain, c'était un éditeur intelligent et audacieux, qui fut l'un des premiers à publier les œuvres de Kipling, Henry James et H. G. Wells. Dans une lettre adressée à Henley en 1883, Stevenson avouait à son ami : "C'est la vue de votre vigueur handicapée et de votre autorité qui engendrèrent Long John Silver [...] l'idée d'un homme handicapé, commandant et redouté par le seul son de sa voix, fut entièrement prise chez vous." Et pourtant Henley entrait sans doute davantage dans le portrait du boucanier et maître-coq. La personnalité ambiguë de Henley, sa puissance intellectuelle, son apparence physique diminuée, son comportement extravagant et son ambition sans limite trouvèrent leur reflet obscur dans le personnage du pirate.

Deux scènes définissent Long John Silver : la première, le meurtre du marin Tom, la seconde, le marché que propose Silver au jeune Jim. Quand la mutinerie est annoncée, le fidèle Tom s'adresse à Silver en ces termes optimistes : "Silver, t'es p'us tout jeune, et t'es honnête, en tout cas tu passes pour l'être, et t'as d'l'argent aussi, à la différence d'beaucoup d'marins comme nous ; et avec ça, si j'ne m'abuse, t'es brave. Et tu voudrais m'faire croire que tu t'laisserais mener par l'bout du nez par c'tte bande de lourdauds ? Non, pas toi !" Plus tard, lorsqu'il comprend son erreur et se rend compte que Silver est lui-même l'un des mutins, Tom essaie de s'échapper mais, s'agrippant de sa main libre à une branche d'arbre, Silver lance sur lui sa béquille. (Cette scène a peut-être été inspirée par une histoire que Stevenson aurait entendue à propos d'Oscar Wilde et de son ami Henley. Les deux hommes se querellaient violemment à propos de quelque chose en sortant d'un théâtre à Londres. Comme ils se séparaient, Wilde se retourna pour faire une ultime remarque et Henley lui lança sa béquille à la tête.) Frappé par la lourde canne, Tom tombe, et Silver le tue de deux coups de couteau. Atrocement, Stevenson nous fait voir que rien ne va changer dans le monde après cet assassinat, l'un des nombreux crimes dont Silver s'est rendu coupable au cours de sa longue vie de violence. Jim, témoin de cette horreur, peut à peine croire que le soleil continue à briller tranquillement après qu'un homme a perdu la vie dans des circonstances à ce point cruelles.

Dans la seconde scène, Jim n'est plus témoin mais partie prenante. Le marché que lui propose Silver est une promesse de protection réciproque : le boucanier défendra Jim contre les mutins et Jim, plus tard, défendra Silver devant le juge, pour lui épargner l'échafaud. Et Silver dit à Jim : “Ah ! quand j'pense, avec ta jeunesse, aux belles choses qu'on aurait pu faire ensemble !” La tentation d'une vie de pirate est rendue explicite. Sur les paroles de Silver tombe l'ombre de ce qui aurait pu être, et le garçon découvre la frontière ténue entre un comportement civilisé obéissant aux lois de la société et la vie d'un aventurier qui répond à l'appel du sang.

Dans les derniers moments, Jim reste fidèle au vieux boucanier, il observe sa part du marché et refuse d'abandonner Silver malgré l'insistance du Dr Livesey. Sans que le lecteur découvre jamais exactement comment, Silver a transformé le gamin confus en un jeune homme "honnête". Comme le dit le capitaine Smollett à Trelawney l'aristocrate, quand il couvre d'un drapeau britannique le corps de l'un de ses fidèles compagnons : "Ce n'est peut-être pas la plus orthodoxe des théologies, mais c'est la stricte vérité."

À la fin de l'aventure, ainsi qu'il convient en littérature, on voit Silver, assis "un peu à l'écart de la lumière vive du foyer. N'ayant rien perdu de son appétit, pourtant, il devançait le moindre de nos désirs, mêlant discrètement son rire aux nôtres. Il était redevenu le marin affable, poli et obséquieux que nous avions connu lors du voyage aller". Quand, à la toute dernière page, Jim raconte au lecteur ce qui est arrivé par la suite à chacun des principaux personnages, il déclare qu'il n'a pas eu de nouvelles de Silver en personne, mais qu'il imagine que le boucanier a retrouvé sa vieille maîtresse noire et vit peut-être en paix avec elle et son perroquet. "C'est à espérer du moins, car ses chances de connaître le bonheur dans une autre vie me paraissent des plus minces." Le lecteur ressent une embarrassante affection pour l'infâme pirate qui fut un traître, un voleur, un meurtrier – et aussi un homme bon et honnête.

KARAGÖZ ET HACIVAT

Il est des personnages conçus par paires – don Quichotte et Sancho Pança, Sherlock Holmes et Watson – qui peuvent cependant exister individuellement. Lors de ses premières aventures, don Quichotte est courageusement seul ; pour ce qui est de certaines de ses premières et dernières affaires, Sherlock Holmes mène son enquête sans la douteuse assistance de son ami médecin. D'autres couples, toutefois, n'ont jamais été vus séparément. Castor et Pollux (frères de la belle Hélène et de la meurtrière Clytemnestre), les méchants Max et Moritz de Wilhelm Busch, Hänsel et Gretel, Tweedledum et Tweedledee ne viennent au monde qu'à deux. Et

au nombre de cette catégorie indivisible, on trouve la version turque des *frères ennemis**, Karagöz et Hacivat.

Selon une légende, Karagöz et Hacivat sont nés de la tentative d'un pauvre paysan pour faire connaître au puissant sultan sa pénible situation. À l'instar de Hamlet, le paysan décida de montrer plutôt que de dire et fit représenter par une paire de silhouettes découpées dans une peau de chameau la façon dont les fonctionnaires corrompus et reconnaissables de la cour l'avaient escroqué. Le spectacle plut tellement au sultan qu'il fit du paysan son grand vizir et châtia sévèrement les fonctionnaires incriminés. Selon une autre version de leur naissance, Karagöz et Hacivat auraient été des maçons qui, tout en travaillant à l'érection d'une mosquée à Bourse, distrayaient délibérément par leurs farces leurs compagnons de travail, de sorte que l'achèvement de la mosquée se voyait perpétuellement retardé. Le sultan en colère ordonna leur exécution et, en hommage à leurs clowneries, les fatals bouffons furent immortalisés sous la forme d'ombres dans le théâtre de marionnettes.

Certains érudits ont vu dans le personnage de Karagöz l'incarnation du corps humain au-dessous de la ceinture – qui mange, pète et baise – et, dans celui de Hacivat, celle du corps au-dessus de la ceinture – cerveau intelligent et cœur capricieux. Telles les deux parties d'un même corps, Karagöz et Hacivat sont complémentaires. En fait, ils se tiennent aux deux extrémités du spectre social. Karagöz (son nom signifie "aux yeux noirs") est, comme Sancho, un homme du peuple illettré, malicieux, aux opinions franches. Hacivat, lui, est cultivé, discret, bien élevé, dissimulé et égocentrique, toujours occupé de projets d'enrichissement rapide manifestement voués à l'échec. Hacivat parle le turc ottoman, est capable de citer la poésie classique et s'efforce de civiliser Karagöz, à l'instar de don Quichotte vis-à-vis de Sancho. Et, de même que le consciencieux chevalier, Hacivat n'y parvient jamais.

Les personnages antinomiques apparaissent très tôt dans nos histoires. Dans l'épopée de Gilgamesh, composée il y a plus de quatre millénaires, Gilgamesh, roi tyrannique, apprend du sauvage Enkidu à prendre en compte les besoins de ses sujets affligés et devient un meilleur souverain, tandis qu'Enkidu, après avoir passé sept nuits auprès de Shamhat, la prostituée du temple, découvre les usages et les conventions de la civilisation de Gilgamesh et perd de ce fait une bonne partie de sa connaissance primitive du monde naturel. En suite de cet échange, les deux hommes deviennent amants. Tel n'est pas le cas de Karagöz et Hacivat, sauf qu'eux aussi existent dans la tension entre leurs deux mondes personnels : l'ancien et le nouveau, le charnel et l'intellectuel, la chair vivante et l'esprit inventif.

Hacivat et Karagöz sont accompagnés d'une horde de personnages excentriques qui couvrent toute la société turque multiculturelle et servent à faire ressortir les particularités du couple : Denyo le balourd, le charitable Efe d'Aydin, qui protège les faibles contre les brutes, un opiomane du nom de Tiryaki, le nain Alti Karis Beberuhi, l'ivrogne Tuzsuz Deli Bekir, l'avare Civan et la nymphomane Kanli Nigar, ainsi que de nombreux personnages sans nom, comme le mendiant arabe qui ne parle pas le turc, une jeune Noire, une jeune servante circassienne, un insolent veilleur albanais, un médecin grec, un banquier arménien, un bijoutier juif et un Persan qui récite des poèmes avec un accent azerbaïdjanais. Le Proche-Orient tout entier parade sur leur scène.

Les aventures de Karagöz et Hacivat obéissent à un schéma traditionnel. Chacune commence par un *mukaddime*, ou prologue, dans lequel Hacivat chante une chanson au son d'un tambourin, récite une brève prière et puis explique au public qu'il est à la recherche de son ami Karagöz. Les deux hommes se rencontrent, se disputent, se battent sans qu'à la fin ni l'un ni l'autre ne gagne. Dans la scène finale de chaque aventure, Hacivat accuse Karagöz d'avoir gâché l'histoire, à quoi un Karagöz apparemment contrit répond : "Puissent mes transgressions être pardonnées." Il y a comme une satisfaisante vérité dans cette fin récurrente : leur relation exclut toute résolution. De ces créatures fabuleuses qu'ils sont, les chamailleries dureront pour l'éternité. Nietzsche eût apprécié, lui qui pensait que nous sommes tous destinés à répéter sans fin les mêmes événements. Pour Albert Camus, une telle répétition reflétait l'absurdité de la vie, mais il soutenait qu'elle prêtait aussi à nos entreprises une sorte de contentement résigné. Si tel est le cas, en dépit de leurs échecs, Hacivat et Karagöz doivent être heureux.

Les Turcs voient-ils dans les éternelles mésaventures de ce tandem une image de leur propre histoire : une moitié cherchant à civiliser l'autre, l'une constamment en quête de ce qui est nouveau, l'autre déterminée à rester attachée aux traditions de ses ancêtres les plus anciens, bien antérieurs aux Ottomans ? "L'histoire est un pont", a dit Atatürk, le père de la Turquie moderne, dans un discours prononcé en 1933. “Nous devons fouiller dans nos propres racines et rebâtir ce que l’histoire a divisé. Nous ne pouvons attendre qu’elles viennent à nous. Nous devons aller vers elles.”

Quant à l’histoire de Karagöz et Hacivat, et pour on ne sait quelles raisons, nobles ou égoïstes, Hacivat tend éternellement la main à Karagöz, toujours en vain. Karagöz a-t-il envie de saisir cette main, c’est une autre question. Pendant ce temps, leurs aventures continuent.

ÉMILE

Rousseau a écrit *Émile* en 1762, l'année où il publiait *Le Contrat social.* On pourrait qualifier ce livre de *Contrat social* pour les enfants : remplacez "homme" par "enfant" dans la première ligne du *Contrat*, et voilà l'*Émile* résumé pour vous : "L'enfant est né libre et partout il est dans les fers." Curieux salmigondis que ce livre, mi-roman, mi-sermon. André Gide le trouvait illisible. Mais, aux yeux de certains lecteurs plus patients, il mérite de la considération, à défaut d'autre chose, parce qu'au lieu de se contenter de critiquer nos systèmes d'éducation, il en propose un nouveau, qui n'est pas universel mais particulier à chaque enfant.

Rousseau organise l'éducation d'Émile en cinq étapes. La première consiste à séparer l'enfant de la société afin que sa "bonne nature" puisse se développer sans obstacle ; la deuxième, à permettre à ses sens de jouir du monde sans châtiment ni censure d'aucune sorte ; la troisième, à l'encourager à apprendre de façon pragmatique, à partir d'expériences matérielles ; la quatrième, à lui permettre de construire sa relation à autrui dans les domaines des relations sexuelles, du comportement social, de la religion et de la morale ; et, enfin, la cinquième, à lui faire rencontrer une partenaire pour la vie (dans le cas d'Émile, la très sage Sophie), afin qu'il puisse devenir père et éduquer à son tour son propre enfant. Rousseau dédie son livre à une "tendre et prévoyante mère". Peut-être anticipait-il la notion de "mère suffisamment bonne" de D. W. Winnicott.

Bien des générations se sont succédé depuis qu'Émile est devenu père et Sophie mère. Plusieurs millions de nouveaux Émile s'activent dans un monde où les choses ont beaucoup changé, notamment notre vision de l'enfance. S'il n'est plus considéré comme fondamentalement bon pour la simple raison qu'il est un enfant, Émile, pour autant, n'en est pas plus un individu dans le monde des adultes. "On ne connaît point l'enfance", écrit Rousseau dans sa préface, et cette accusation est encore valable aujourd'hui. Aux yeux de ses aînés, le petit Émile est une version ratée de ce qu'eux-mêmes ne sont pas devenus. Nous autres adultes, à l'époque comme de nos jours, voudrions que les jeunes possèdent les vertus qui nous manquent et aucun de nos défauts. Nous les éduquons afin qu'ils deviennent des rouages efficaces dans notre machinerie, nous les entraînons à la soumission. Nous avons en vue nos désirs et non leurs besoins. Nous stimulons leur avidité et non leur ambition, leur ruse et non leur intelligence. "Tout est bien, sortant des mains de l'Auteur des choses : tout dégénère entre les mains de l'homme", peut-on lire dès la première ligne du livre de Rousseau. "Il mutile son chien, son cheval, son esclave : il bouleverse tout, il défigure tout : il aime la difformité, les monstres : il ne veut rien tel que l'a fait la nature, pas même l'homme."

Notre Émile habite aujourd'hui un lotissement défraîchi dans une banlieue délaissée. Pour lui, son quartier est un endroit dépourvu de miroirs. Ses papiers d'identité disent qu'il est né quelque part, mais selon les statistiques officielles il est un sans-papiers, ou présumé tel, ce qui signifie évidemment qu'il vient d'un pays non européen, et pas des États-Unis ni du Canada. Puisque Rousseau aimait les métaphores botaniques, disons que notre Émile est une sorte de mauvaise herbe aux racines désagréablement apparentes.

À part ces racines, Émile n'a, au regard de la société, aucune identité personnelle reconnaissable. Dans l'imaginaire collectif, lui et ses amis ne sont pas des individus, mais seulement des cas sociaux. Ils sont un écho de leurs parents et grands-parents indésirables – personnages suspects, eux aussi, mais qui avaient au moins la décence de se tenir tranquilles, de faire ce qu'on leur disait de faire et puis de mourir.

Pour commencer son éducation, pour développer sa "bonne nature", le nouvel Émile doit d'abord découvrir ce qu'est sa nature. Il doit se trouver une table de résonance mais, hélas, ce qui lui est offert en matière de vocabulaire culturel commun est limité. L'iconographie commerciale (images d'objets qu'il sait ne pouvoir acquérir sans argent) décrit le monde comme un paradis matériel fait de voitures rapides et de femmes en dessous coquets, comme dans les vidéos de rap qu'il regarde. Plutôt que par une éducation rationnelle, l'apprentissage quotidien d'Émile s'effectue au moyen d'annonces publicitaires et de jeux électroniques qui lui disent que le bonheur, on peut l'acheter, que la violence est sans conséquences et que les anciennes règles patriarcales sont encore puissamment en vigueur. Même conscient que ce paradis est dans une large mesure hors d'atteinte pour lui, Émile se sent irrésistiblement attiré par ces images fiévreuses, puisque dans l'absence il y a de l'espoir.

Ces tentations ne sont pas ses seuls stimuli sensuels. Parce qu'il vit dans une démocratie, l'iconographie paradisiaque s'accompagne d'offres officielles de la société, monuments locaux à ses institutions, dont on attend d'Émile qu'il adore les autels. Perdus quelque part entre les hautes tours dégradées et sans grâce où lui et ses amis passent leurs journées se trouvent des garderies d'enfants, des écoles, des centres de loisirs, des églises et des mosquées, des dispensaires, des bureaux pour l'emploi. Mais Émile n'a pas l'impression que ces institutions lui appartiennent : elles ont été édifiées pour lui, croit-il, comme les chenils le sont pour les chiens, afin de prendre soin de lui en fonction de ce que ses supérieurs croient qu'il mérite et pour quoi il est censé éprouver une silencieuse reconnaissance. (Dans la même veine, Barbara Bush expliquait après la catastrophe à La Nouvelle-Orléans que les survivants devaient être reconnaissants qu'on leur ait donné quelque chose de mieux que ce qu'ils possédaient avant l'ouragan Katrina.) C'est pourquoi, afin de signaler sa présence, d'être immortalisé par les bardes médiatiques de notre temps, pour avoir son visage affiché sur les écrans de télévision, Émile mettra le feu à ces temples. Dans de tels gestes profanateurs, il entre autant de colère que de jouissance. On le traite d'ordure ? Il se conduira comme une ordure.

Au cours de la troisième étape de son parcours psychologique, Rousseau apprend à Émile à travailler et, de façon pragmatique, les rudiments d'un métier. Aujourd'hui, dans l'univers d'Émile, un boulot, un bon boulot n'est pas le lot commun. Et d'autres voies existent pour se procurer les objets de tentation. Dans un monde qui lui dénie son existence en tant qu'individu, la délinquance est une option évidente : non celle, labyrinthique et colossale, de la finance internationale, mais le vol, le proxénétisme et le trafic de drogues au quotidien. Plus ou moins consciemment, Émile pense, avec Jean Genet, qu'enfreindre la loi (laquelle, de toute façon, ne défend pas convenablement ses droits) est une façon de rester honorable dans une société corrompue. “Il y a deux catégories de gens : ceux qui volent les autres et ceux qui se font voler”, assure la rue. Émile choisit d'appartenir à la première, alors que ses parents, a-t-il cru, étaient condamnés à la seconde.

Après l'apprentissage d'un moyen de gagner sa vie vient celui du comportement à observer parmi ses concitoyens. Dans son quartier, Émile apprend qu'*a priori*, surtout s'il est noir, il sera traité par les autorités comme un suspect : le choix du délit lui est laissé. Puisqu'il est marqué comme hors-la-loi, il lui faut se trouver une base solide d'où affronter l'ennemi autoproclamé. L'une des possibilités qui s'offrent à lui, par la voix d'une propagande intense, est le paradis de l'extrémisme ou, plus raisonnablement, une foi qu'il ne comprend qu'obscurément. En dépit des efforts de conciliation tentés par le gouvernement, les factions extrémistes de l'État islamique représentent pour Émile et ses amis une opposition à la culture arrogante qui les exclut. L'extrémisme leur offre la possibilité d'une rébellion, une stratégie de protestation, une façon de se différencier de ceux qui les ignorent.

Finalement, Émile devient adulte. Il trouve sa Sophie, et ils ont de nouveaux Émile. Quelque chose changera-t-il pour ces derniers ? Pas vraiment. Pris dans un mécanisme qui veut produire des consommateurs et non des citoyens, vivotant dans l'ombre des mêmes hommes et femmes âgés et corrompus qui les gouvernent, la seule possibilité pour les futurs Émile est de devenir visibles non pas en tant que fugaces apparitions aux infos mais comme protagonistes du changement, en êtres humains capables d'accéder au bonheur, ce qui signifie (toujours selon Rousseau), d'"adhérer à soi", puisque "être soi sans contradiction est certes la condition du bonheur".

Et Rousseau de conclure : "Dans l'état où sont désormais les choses, un homme abandonné dès sa naissance à lui-même parmi les autres serait le plus défiguré de tous. Les préjugés, l'autorité, la nécessité, l'exemple, toutes les institutions sociales dans lesquelles nous nous trouvons submergés, étoufferaient en lui la nature, et ne mettraient rien à la place."

SINDBAD

Le 4 novembre 2003, quatorze réfugiés kurdes et quatre marins indonésiens abordèrent dans un petit bateau la côte de l'île Melville, à cinquante milles au nord de Darwin, dans les eaux territoriales de l'Australie, avec l'intention de demander l'asile politique. Informé, et lassé par la marée montante des demandeurs d'asile, John Howard, alors Premier ministre d'Australie, prit une décision radicale : celle de couper l'île Melville du territoire national. Le geste n'était pas nouveau. En 2001, le gouvernement australien avait déjà exclu l'île Christmas de ses frontières afin de pouvoir déporter vers ses plages inhospitalières plusieurs centaines d'immigrants illégaux.

Dans le courant du Ve siècle avant notre ère, Platon, citoyen d'Athènes, afin de décrire les propriétés de sa république idéale, inventa une île appelée l'Atlantide sur laquelle il construisit une cité imaginaire supposée avoir été florissante dans un passé lointain avant d'être engloutie par la mer. L'Atlantide de Platon inaugure une merveilleuse géographie imaginaire qui n'a jamais cessé de se développer et nous a donné certains des endroits les plus célèbres du monde, en dépit de leur inexistence. L'Utopie, le Pays d'Oz, Shangri-la, le nébuleux territoire qui accueille l'école de sorcellerie de Poudlard. Parce que le monde où nous vivons nous paraît parfois trop encombré pour les besoins de notre imagination, nous n'avons cessé de créer d'autres lieux qui, bien que – détail trivial – ils n'occupent aucun espace réel, ont brillamment servi de scène tant à nos cauchemars qu'à nos aspirations les plus élevées.

Pour Platon, l'invention d'une île sur laquelle il pouvait construire une société imaginaire lui permit de renvoyer à la sienne l'image de ses qualités et de ses défauts. C'est pour cela que, depuis le temps des premiers feux de camp, nous racontons des histoires, et c'est pour cela que nous imaginons des royaumes où ces histoires peuvent avoir lieu. Contrairement aux politiciens, les conteurs savent qu'on ne peut détacher la réalité intellectuelle de la réalité matérielle : tout ce qu'on a le droit de faire, c'est de ré-imaginer le monde afin de mieux le voir et le comprendre. Les aventures de Sindbad le marin, racontées dans *Les Mille et Une Nuits*, sont une façon de ré-imaginer le monde en remaniant les notions de terre (où ses histoires sont racontées) et de mer (où elles se déroulent).

Dès l'instant où nous disons "mer", nous sommes obligés de penser "terre". Sindbad le marin est celui qui n'est plus sur terre, celui qui quitte la côte, qui cherche à cartographier cette autre plaine incessamment changeante, dont il a la nostalgie dans le sang. Sur la terre ferme, la vie de Sindbad est paisible, répétitive, prévisible. En mer, elle ne l'est pas. Dans ce royaume sans ballast, où tout est horizon, n'importe quoi, même l'inimaginable, peut se passer – et se passe. Ainsi que le sait Sindbad, nous avons tous besoin de relever le défi de l'inconnu pour apprendre à nous préparer à la mort, ce territoire par essence inconnu. Et c'est ainsi que, en vivant avec une intensité croissante ses aventures maritimes, Sindbad s'entraîne en vue de l'instant ultime où il redeviendra poussière et retournera à la terre. Et nous, lecteurs de ces aventures, avons l'intuition que cette dernière page approche rapidement parce que lorsque nous remontons au début de la merveilleuse cinq cent trente-septième des mille et une nuits (quand le vieux Sindbad, riche et bien établi, va commencer à raconter l'histoire de sa vie), nous nous rendons compte que cette paisible image domestique est une prémonition de la fin nécessaire et proche.

Nous oublions qu'il n'y a pas un Sindbad mais deux. Le héros que nous connaissons tous est un explorateur des mers, il a les traits de Douglas Fairbanks et la voix d'Errol Flynn ou de Brad Pitt, mais il existe un autre Sindbad, le Sindbad terrien, un certain Hindbad le porteur, que Sindbad le marin invite chez lui, selon le récit de Schéhérazade qui va se prolonger pendant presque trente nuits. Pour que Sindbad le marin existe, Hindbad le porteur doit, lui aussi, être présent, et ce n'est que lorsque les deux se trouvent face à face que l'histoire dans l'histoire peut se dérouler.

Les sept aventures de Sindbad le marin font dresser les cheveux sur la tête. Le jeune héros est plongé dans les profondeurs de la mer lorsqu'il s'avère que l'île sur laquelle il a pris pied est une baleine (expérience qu'il partage avec le bon saint Brendan d'Irlande). Il est enlevé jusque dans les nuages par un oiseau géant qui dit s'appeler un Roc. Il se bat, comme avant lui Ulysse, contre des hordes de géants cannibales cyclopéens et aussi contre des serpents venimeux. Il fait face, tel Tripitaka, à de hideux fantômes qui veulent boire son sang. Capturé par le Vieil Homme de la mer, il est forcé de porter sur ses épaules le vieillard démoniaque. Il est poursuivi par des pirates dont le destin, comme le sien, sera une tombe liquide. Mais nous ne saurions rien de ces aventures sans celui pour qui elles sont contées, l'auditeur, Hindbad le terrien.

C'est ainsi que la mer d'histoires de Sindbad devient infinie. Sindbad le marin raconte son histoire à Hindbad le porteur ; ce que Hindbad entend existe par la voix de la sagace Schéhérazade. Le récit de Schéhérazade est apparemment destiné aux oreilles de sa sœur Dunyazade, mais ce que Dunyazade entend est aussi, et surtout, écouté par le rancunier roi Chahriyar. L'écoute indiscrète de Chahriyar devient le conte dont nous sommes nous-mêmes témoins, l'oreille collée au trou de serrure d'une porte qui donne sur un long corridor d'immémoriaux échos.

LE MANDARIN

Le mystérieux vieillard qu'Eça de Queiroz appelle le mandarin (le mot, selon l'ambassadeur de Russie en Chine, est une invention portugaise, dérivée du verbe *mandare*, "donner des ordres") vivait, loin de tout, quelque part au-delà de Pékin, à la frontière de la Tartarie, dans un des pavillons d'une lamaserie ; vieux et affligé par la goutte, enveloppé dans le subtil arôme du thé, il écoutait les douces et prudentes maximes qui s'écoulaient des lèvres d'un Bouddha vivant. Son nom était Ti Chin-Fu et, en tant que serviteur du Céleste Empire, il était considéré comme à peu près aussi utile à l'Empereur et à l'humanité "qu'un caillou dans la gueule d'un chien affamé". Il mourut soudainement parce qu'un

certain scribe du ministère portugais des Affaires intérieures et de l'Éducation décida de faire sonner une clochette magique afin d'amasser, grâce à ce geste d'une apparente innocuité, une immense fortune. Le nom de ce scribe était Teodoro. Un soir où il lisait, dans l'un des étranges ouvrages d'ésotérisme qui faisaient ses délices, un chapitre intitulé "La Brèche des âmes", il était tombé sur le paragraphe que voici :

"Au fin fond de la Chine il est un mandarin plus riche que tous les rois dont nous parlent l'histoire ou la légende. Tu ne connais rien de lui, ni son nom, ni son visage, ni la soie dont il est vêtu. Pour que tu hérites de ses innombrables biens, il suffit que tu agites cette clochette qui est posée à côté de toi sur un livre. Il ne poussera qu'un soupir, dans ces confins de la Mongolie. Il sera plus qu'un cadavre et tu verras à tes pieds plus d'or que n'en peut rêver la cupidité d'un avare. Toi qui me lis et qui est un homme mortel, agiteras-tu la clochette ?"

Tenté par une mystérieuse figure corpulente, pâle, rasée de près et vêtue de noir apparue soudain dans sa chambre, Teodoro agite prudemment la clochette (qui, elle aussi, est apparue comme par magie) et il hérite d'un coup d'une fortune considérable. Il faut noter que Teodoro est un scribe, il copie les documents des autres et sert les intérêts d'autrui. C'est la première fois que Teodoro agit en fonction de ce qu'il prend pour sa libre volonté personnelle.

L'argument du tentateur est que "l'assassin est un philanthrope". La mort n'est rien de plus qu'un peu de matière vivante qui cesse de vivre et devient ainsi un élément du vaste monde d'atomes en évolution auquel nous appartenons tous. Provoquer la mort du Chinois inconnu n'est qu'accepter le cours naturel des choses, un geste banal, "comme si on appelait un domestique". Et cette mort se produit en Chine, et nous savons tous que la Chine se trouve tellement loin qu'elle existe à peine, de même que l'Angola, l'Amazonie brésilienne, les îles du Cap-Vert ou n'importe laquelle de ces régions que la plupart d'entre nous ne connaissent qu'à partir de cartes en couleurs.

Dépensant sans compter, Teodoro se lance dans sa nouvelle vie de millionnaire. Vin, femmes et chansons sont à lui dès qu'il les désire, et s'il ne manque pas de les désirer, la vision du mandarin dont il a délibérément causé la mort le hante. Étendu en travers du seuil de la maison de maître qu'il vient d'acquérir ou allongé sur le coûteux lit doré, Teodoro voit le mandarin bedonnant, avec sa natte noire, sa tunique jaune et, entre ses vieux bras, un cerf-volant peint. Il est soudain pris de remords : "J'ai tué un vieillard", se dit-il, et aussi, pour se délivrer du cauchemar : "Il faut que je tue ce mort !" Il ne s'agit pas seulement de remords. Teodoro commence à attribuer à la mort du mandarin tous les malheurs de la Chine dont parlent les journaux. Incapable de supporter plus longtemps cette culpabilité, il décide de se rendre à Pékin, de se mettre en quête de la famille du mandarin, d'épouser l'une des dames de la maison et de restituer ainsi la fortune mal acquise. Il organisera pour le mandarin des funérailles grandioses afin d'apaiser son fantôme inquiet et ira dans les provinces les plus pauvres distribuer ladite fortune mal acquise. En Chine, l'ambassadeur de Russie, venu accueillir Teodoro, le détourne de son projet. Son attitude magnanime, dit-il, serait interprétée comme la manifestation d'une ambition politique et comme une menace envers l'Empereur en personne. Teodoro pourrait néanmoins rechercher la famille du mandarin et organiser de splendides funérailles. Si, après cela, le fantôme continue à le hanter, l'ambassadeur suggère que Teodoro n'a plus qu'à se trancher la gorge.

Le temps passe et, après de nombreuses mésaventures, Teodoro décide de retourner à Lisbonne. C'est toujours un homme riche. Il se rend compte à présent qu'il est devenu vieux et faible. Lorsqu'il sent venir la mort, il fait son testament et lègue ses millions au diable. "Ils lui appartiennent, dit-il ; à lui de les réclamer et de les partager." Et Teodoro conclut par ce conseil : "N'a de saveur que le pain qu'on gagne jour après jour à la sueur de son front." C'est pourquoi : "Ne tue jamais le mandarin !"

On dit qu'Eça de Queiroz a trouvé son inspiration dans le roman de Balzac *Le Père Goriot*, où l'un des personnages fait allusion à l'aporie du mandarin en tant que dilemme inventé par Rousseau. Balzac s'est trompé : l'histoire ne figure pas chez Rousseau mais chez Chateaubriand, quelque part dans son vaste *Génie du christianisme*, ou le comte pose la question à sa conscience. Freud, dans ses réflexions sur les motivations inconscientes d'entrée dans la Première Guerre mondiale, cite Balzac afin de conclure que tuer un soldat ennemi anonyme dans un combat pour ce que nous considérons comme un bien supérieur est une disposition secrète de l'humanité, inhérente jusque chez nos contemporains. Carlo Ginzburg rappelle qu'avant toutes ces versions de l'aporie du mandarin, Diderot avait écrit : "L'assassin, transporté sur le rivage de la Chine, est trop loin pour apercevoir le cadavre qu'il a laissé sanglant sur les bords de la Seine."

Voilà pour l'aspect moral de la question. Mais il y a au moins deux angles à cette histoire. L'un est celui de Teodoro qui se trouve confronté, comme nous tous parfois, à un dilemme moral difficile : accomplirions-nous un acte criminel s'il nous était avantageux et si nous ne devions jamais en connaître ni la victime ni les conséquences ? L'autre, celui du mandarin, qui pose, comme nous tous à différents moments, une question métaphysique insoluble et son corollaire : pourquoi est-ce à moi que ceci arrive, et à qui la faute ?

La grande ombre de ces deux monstres – le mandarin et Teodoro – s'étend sur toutes nos histoires. Les actionnaires qui ne s'interrogent pas sur la source du revenu que la société dans laquelle ils ont investi produit à leur profit, les citoyens qui approuvent une guerre sanglante censée défendre leurs intérêts dans une région qu'ils sont à peine capable de localiser sur une carte, les consommateurs qui achètent allègrement des biens fabriqués dans des ateliers insalubres par des ouvriers sans visage soumis à des conditions semblables à l'esclavage, ces gens-là ressemblent fort à Teodoro poussant avidement le bouton fatal. Le pauvre diable atteint d'un mal incurable, la victime de persécution, de viol ou de torture, l'enfant maltraité ou négligé, tous sont frères et sœurs du mandarin qui ne sait pas pourquoi il est condamné à mort, ni qui a décrété sa fin.

Ces deux-là, Teodoro et le mandarin, se rencontreront-ils jamais ? Seront-ils jamais vraiment présentés l'un à l'autre ? À la fin de *De l'autre côté du miroir*, Alice arrive à une table où se tient un banquet. Comme elle y prend place, la Reine rouge lui dit : "Vous avez l'air un peu intimidé ; souffrez que je vous introduise à ce gigot de mouton", et c'est ce qu'elle fait : "Alice… Mouton ; Mouton… Alice." Alice s'apprête à en couper une tranche, mais la reine l'arrête : "Il est contraire à l'étiquette de découper quelqu'un à qui l'on a été présenté", déclare-t-elle, et de faire enlever le plat. En la présentant aux plats suivants, mouton ou pudding, la Reine rouge empêche Alice de les "couper". Parce que si l'on apprend qui est l'autre, si l'on reconnaît l'identité de l'autre, la rencontre n'est plus anonyme et les conséquences de n'importe quelle action qu'aurait excusée l'ignorance redeviennent fâcheuses. "Lorsqu'on peut imaginer avec minutie le visage d'un homme ou d'une femme, on se met inévitablement à ressentir de la pitié, écrit Graham Greene dans *La Puissance et la Gloire*. Si l'on examine les petites rides aux coins des yeux, la forme de la bouche, la naissance des cheveux, il est impossible de haïr. La haine n'est qu'une défaite de l'imagination."

Teodoro verra-t-il jamais le mandarin comme quelqu'un de réel, et apprendra-t-il jamais à admirer le raffinement du sage lointain et son système bouddhiste de pensée éthique ? Le mandarin trouvera-t-il jamais une occasion de demander à Teodoro comment il peut aider le pauvre scribe à vivre une existence meilleure, plus riche, et découvrir ce qu'un mandarin peut apprendre d'une vie qui pendant si longtemps a gagné son pain quotidien de ses propres mains ?

L'aporie demeure.

WAKEFIELD

Quand j'avais cinq ou six ans, une même rêverie m'occupait souvent. J'imaginais que j'étais kidnappé par une bande de pirates terriens (pour je ne sais quelle raison, ils n'avaient pas de bateau et circulaient à pied) et emmené au loin dans un endroit montagneux évoquant un peu le pays du grand-père de Heidi, où l'on m'enseignait toutes sortes de choses fascinantes. Je suppose que tous, à un moment ou à un autre, nous imaginons une vie très différente de celle que nous vivons et, sans pour autant nous transformer en Walter Mitty, cette vie non vécue devient à bien des titres plus vivante et plus importante que celle que nous menons au

quotidien. Le mythe platonicien du moi original séparé en deux parties et condamné à chercher sa moitié perdue est, à mon avis, une expérience assez commune : nous sommes obsédés par le désir de connaître ce moi que nous ne pouvons être.

Selon un certain Dr William King, dans ses *Anecdotes of His Own Times (Anecdotes de son propre temps)*, publiées en 1918, un homme du nom de Howe quitta un matin son épouse sans un mot d'explication pour ne revenir auprès d'elle que de nombreuses années plus tard. Nathaniel Hawthorne tomba sur cette histoire, que King disait véridique, et la récrivit sous le nom qu'il donna à l'étrange aventurier, "Wakefield". Wakefield, nous raconte Hawthorne, sous prétexte de partir en voyage, emménage dans la rue voisine de la sienne et, là, sans communiquer ni avec sa femme ni avec ses amis et "sans l'ombre d'une raison pour expliquer un tel auto-bannissement", vit dans un silencieux isolement pendant plus de vingt ans. Au bout d'un certain temps, persuadée que son mari a été victime d'un accident fatal, Mme Wakefield se résigne à un "veuvage automnal". Et puis, un soir, comme au retour d'une simple journée d'absence, Wakefield rentre chez lui et, conclut Hawthorne, devient "un époux aimant jusqu'à la mort".

Hawthorne tente d'imaginer qui était Wakefield avant qu'il n'abandonne sa vie normale sans savoir ce qui lui arriverait suite à cette décision qui, sur le moment même, semblait ne rien avoir de capital. D'âge moyen, animé d'une affection conjugale "qui n'avait jamais été violente" et "s'était apaisée pour devenir un sentiment calme et familier", Wakefield est le plus constant des époux "parce qu'un certain engourdissement maintenait constamment son cœur en repos, où que ce dernier pût se trouver". Il avait l'esprit occupé de longues et paresseuses songeries qui ne tendaient pas à grand-chose. Si l'on avait demandé à ses amis quel homme avait le plus de chances, à Londres, de ne rien accomplir aujourd'hui dont on se souviendrait demain, ils auraient pensé à Wakefield. Seule son épouse, peut-être, aurait pu hésiter car elle pourrait avoir eu conscience d'une très vague étrangeté dans le caractère de son mari, un genre particulier de vanité, une disposition à garder d'insignifiants secrets mineurs à peine dignes qu'on les révèle, un tranquille égoïsme. L'égoïsme, a écrit Hawthorne dans l'un de ses carnets, est l'un des traits les plus aptes à inspirer l'amour.

En réfléchissant à la mystérieuse décision de Wakefield, Hawthorne se demande si "une influence, échappant à notre contrôle", ne pose pas sa main puissante sur chacune de nos actions, tissant "ses conséquences dans la toile de fer de la nécessité". Même lorsque, après dix ans de séparation, il rencontre par hasard sa femme dans la rue au milieu d'une foule, Wakefield se trouve incapable de reprendre pied dans la vie qu'il a abandonnée. À cet instant, Mme Wakefield peut avoir eu l'impression de reconnaître quelque chose ou quelqu'un, mais elle passe son chemin, tandis que Wakefield a le sentiment que, alors que "toute la misérable étrangeté de sa vie" lui est soudain révélée, il ne peut que s'écrier : "Wakefield ! Wakefield ! Tu es fou !" Peut-être l'est-il, mais cette explication ne nous satisfait pas.

La folie peut être sous-jacente au comportement de Wakefield, mais cette explication ne répond pas à la question de ses conséquences. Dès lors que nous effectuons un virage inattendu, dès lors que nous choisissons le sentier imprévu qui nous détourne de l'objectif initialement établi pour nous, qu'est-ce qui change en nous et en ce qui nous entoure ? Comment un autre tour d'écrou (pour reprendre l'image d'Henry James) affecte-t-il les usages du monde ? Supposons même que nous puissions suivre deux embranchements d'un carrefour à la fois, cela ferait-il pour nous la moindre différence ? On raconte qu'après la mort d'Eurydice, Orphée demanda l'impossible aux dieux de l'Hadès : qu'ils autorisent sa bien-aimée à revenir à la vie. Les dieux accédèrent à sa demande à une condition : il était interdit à Orphée de tourner la tête pour la voir. Et là se trouve l'impossibilité fatale : aussi longtemps qu'il ne peut la voir, Eurydice est là et le souhait d'Orphée est exaucé. Mais dès l'instant où il se tourne pour la regarder, elle disparaît et c'est sa faute à lui. Ainsi, de toute façon, il n'y a rien à voir pour lui, Orphée perd son pari et devient un réprouvé.

Hawthorne conclut son récit par ces mots : "Parmi la confusion apparente de notre monde mystérieux, les individus sont si bien ajustés à un système, et les systèmes les uns aux autres, et le tout ensemble, que, en s'effaçant un court instant, un homme s'expose au risque terrible de perdre sa place à jamais. Comme Wakefield, il pourrait devenir, pour ainsi dire, le Banni de l'Univers."

Borges avait observé que Wakefield, de même que les héros tragiques de Kafka, se distingue par "une profonde banalité qui contraste avec l'ampleur de sa perdition et le livre, plus impuissant encore, aux Furies". La tentative de Wakefield de fissurer, si peu que ce soit, l'inflexible cours des choses n'est pas unique. Gulliver, dans la chronique de ses aventures sur l'île volante de Laputa, parle d'une grande dame de la cour qui décide soudain de renoncer à sa vie paisible sur l'île et s'enfuit au royaume de Lagado, où elle se cache pendant plusieurs mois jusqu'à ce que le roi envoie un mandat ordonnant qu'on la recherche : on la retrouve alors dans "une obscure gargote, en haillons, ayant mis ses vêtements en gage afin de subvenir aux besoins d'un vieux valet contrefait, qui la bat tous les jours". E. L. Doctorow, dans une nouvelle également intitulée "Wakefield", et Eduardo Berti, dans son roman, *Mrs. Wakefield*, ont tenté d'explorer les conséquences de banalités aussi rebelles. Les conclusions sont démoralisantes.

Rumî, le plus grand des mystiques soufis, raconte cette fable (reprise ensuite par Somerset Maugham, Jean Cocteau et Frank O'Hara) : Un jeune homme vint trouver le prophète Souleiman et lui dit : "J'étais dans votre ville et Azraël, l'ange de la mort, est venu et m'a regardé fixement. Je vous supplie de m'envoyer dans un autre pays parce que je ne veux pas mourir." À ces mots, Souleiman accepta d'ordonner au vent d'emporter cet homme jusqu'en Inde. L'après-midi même, Souleiman fit venir Azraël et lui demanda : "Pourquoi as-tu fait peur à l'un de mes hommes en le regardant fixement, de sorte qu'il m'a demandé de l'envoyer au loin, en Inde ? – Ô Prophète, répondit Azraël, la raison pour laquelle je l'ai regardé de la sorte, c'est que, Dieu m'ayant ordonné de prendre ce jeune homme demain en Inde, j'étais étonné de le voir aujourd'hui marcher dans les rues de cette ville."

Il paraît tentant de choisir la vie non vécue et la voie non suivie parce que nous imaginons que si nous avions seulement fait ceci ou entrepris cela, les choses seraient différentes et que nous serions plus heureux, plus sages, mieux aimés, plus respectés.

Peut-être pas.

SOURCES

Note de la traductrice :

Dans la version originale de ce livre, les traductions des passages cités dans le texte sont de l'auteur sauf indication d'un autre traducteur.

Dans cette version française, toutes les œuvres d'auteurs francophones sont évidemment citées dans la version originale. Sauf indication contraire (traducteur et éditeur), les autres citations sont traduites par moi de la version donnée par Alberto Manguel.

Certaines œuvres se retrouvent citées à plusieurs reprises. Pour cette version française :

William Shakespeare, *Œuvres complètes*, traduction de François-Victor Hugo, Alphonse Lemerre éditeur, 1875.

Lewis Carroll, *Les Aventures d'Alice au pays des merveilles* et *De l'autre côté du miroir et ce qu'Alice y trouva*, traduction d'Henri Parisot, in *Œuvres*, "Bouquins", Robert Laffont, 1989.

Dante, *La Divine Comédie*, traduction de Jacqueline Risset, Flammarion, 1985-1990-1992.

La Bible, traduction de l'abbé Crampon, Desclée et Cie éditeur, 1928.

Luis de Góngora, “Variée imagination”, in *Sonnets*, traduction de François Turner, Imprimerie nationale, 1998.

Miguel de Cervantès, *Don Quichotte*, 1re partie, chapitre v, traduction d’Aline Schulman, Le Seuil, 1997.

David Hume, *Traité de la nature humaine*, livre II, partie I, section 1, traduction de Philippe Folliot, https://psychaanalyse.com/pdf/hume_traite_nature_hum_t2.pdf.

Homère, *L’Odyssée*, traduction de Frédéric Mugler, Actes Sud, 1995.

T. S. Eliot, *La Terre vaine*, traduction de Pierre Leyris, “L’école des lettres”, Le Seuil, 1997.

Les frères Grimm, *Contes*, “Le Fiancé voleur”, https://www.grimmstories.com/fr/grimm_contes/le_ fiance_brigand.

Kenneth Grahame, *Le Vent dans les saules*, traduction de Gérard Joulié, éd. Libretto 337, 2018 (© Phébus, Paris, 2006)

Rudyard Kipling, *Kim*, traduction de Louis Fabulet, “Folio classique”, Gallimard, 2005.

Marguerite Yourcenar, *Comment Wang Fô fut sauvé*, in *Nouvelles orientales*, Gallimard, 1938.

Sadegh Hedayat, *La Chouette aveugle*, traduit du persan par Roger Lescot, Éditions José Corti, 1953.

André Malraux, *La Voie royale*, Grasset, 1930.

Léon Tolstoï, *La Mort d’Ivan Ilitch*, traduction de J.-W. Bienstock, Bibliothèque électronique du Québec, collection “À tous les vents”, https://beq.ebooksgratuits.com/vents/Tolstoi-Ilitch.pdf.

Proust, *La Prisonnière*, “Folio” n° 785, Gallimard, 1954.

Lyman Frank Baum, *Le Magicien d’Oz*, traduction de Mona de Pracontal, “Folio Junior”, Gallimard, 1993.

Juan Rulfo, *Tu n'entends pas les chiens aboyer*, in *Le Llano en flammes*, nouvelles, traduction de Gabriel Iaculli, Gallimard, 2001.

Virginia Woolf, *La Promenade au phare*, in *Œuvre romanesque*, vol. 1, traduction de Jean Talva, Simone David, Maurice Lanoire, Stock, 1973.

Dorothy Sayers, *Le Cœur et la Raison*, traduction de Daniel Verheyde, Presses universitaires du Septentrion, 2012.

Louisa May Alcott, *Little Women (Les Quatre Filles du docteur March)*.

Rudyard Kipling, *The Eye of Allah (L'Œil d'Allah)*, in *Debits and Credits*, 1906.

Edmund Gosse, *Father and Son (Père et Fils)*.

M. BOVARY

Gustave Flaubert, *Madame Bovary*, "Le livre de demain", Librairie Arthème Fayard, 1941.

LE PETIT CHAPERON ROUGE

Eddas en prose, *"Das Thrymlied" (Le lai de Thrym)*, in *Isländersagas*, Fischer Verlag.

J. D. Salinger, *L'Attrape-cœurs*, traduction d'Annie Saumont, "Pavillons", Robert Laffont, 1986.

Charles Perrault, *Le Petit Chaperon rouge*, in *Contes*, Les classiques du Livre de Poche, 2016.

Mémoires de l'abbé de Choisy, Mercure de France, 1966.

DRACULA

Maurice Scève, "La Gorge" *(Les Cinq Blasons)* in *Œuvres complètes*, Mercure de France, 1974.

FAUST

GOETHE, *Faust*, traduit en anglais par Alberto Manguel de l'édition allemande originale.

GERTRUDE

HENRIK IBSEN, *Une maison de poupée*, traduction et postface d'Eloi Recoing, "Babel", Actes Sud, 2016.

SUPERMAN

JOHN MILTON, Samson Agoniste, traduction de Joseph d'Avenel, J. Lecoffre éditeur, 1860, *https://gallica.bnf.fr/ark:/12148/bpt6k5448658t.texteImage*.

GEORGE BERNARD SHAW, dans sa préface à *Man and Superman*, Penguin Books, 2012.

G. K. CHESTERTON, "How I Found the Superman", in *Alarms and Discussions*, Quiet Vision Pub, 2004.

NIETZSCHE, *Ecce Homo*, traduction d'Alexandre Vialatte, Stock, 1931.

DORIANNE LAUX, "Superman", in *The Book of Men : Poems*, Norton, New York, 2011.

DON JUAN

TIRSO DE MOLINA, *L'Abuseur de Séville*, traduction de Pierre Genoun, Aubier-Flammarion bilingue, 1968.

MOLIÈRE, *Dom Juan, ou le Festin de pierre*, Gallimard, 1971 ; Folio classique, 2013.

JOSÉ ZORRILLA, *Don Juan Tenorio*, traduction de Bernard Sesé, José Corti, 1997, "Domaine romantique" n° 67.

LA BELLE AU BOIS DORMANT

PABLO NERUDA, *Vingt poèmes d'amour*, in *Vingt poèmes d'amour et une chanson désespérée*, édition bilingue, traduction de Claude Couffon et Christian Rinderknecht, Gallimard, 1977.

Edgar Allan Poe, *Philosophie de la composition*, in *Trois manifestes*, traduction de René Lalou, “Les 5 Continents”, Éditions Charlot, 1946.

PHOEBÉ

J. D. Salinger, *L’Attrape-cœurs*, traduction d’Annie Saumont, “Pavillons”, Robert Laffont, 1986.

Dante, *La Divine Comédie, L’Enfer*, chant vii, v. 121-122, traduction de Jacqueline Risset, Flammarion, 1985-1990-1992.

HSING-CHEN

Ki Man-Young, *The Nine Cloud Dream (Le Rêve des neuf nuages)*, Corée, xviie siècle, Penguin, New York, 2019.

Lewis Carroll, *De l’autre côté du miroir*, Flammarion jeunesse, 1975.

Daniel Defoe, *Robinson Crusoé*, traduction de Petrus Borel, “Pléiade”, Gallimard, 2018.

JIM

Mark Twain, *Huckleberry Finn*, traduction de Bernard Hœpffner, éditions Tristram, 2018.

Aristote, *Politique*, traduction de J. Barthélemy-Saint-Hilaire, édition revue et corrigée, Librairie philosophique de Ladrange, Paris, 1874, livre I, chap. II, § 8 et § 14. https://gallica.bnf.fr/ark:/12148/bpt6k2079427.texteImage.

Saint Thomas d’Aquin, *Summa theologica*, deuxième partie de la partie II (tome III), question 57 (Le Droit), article 4 (“Y a-t-il lieu de distinguer spécialement le droit du maître et celui du père”), solution 2 : http://www.documentacatholicaomnia.eu/03d/1225-1274,_Thomas_Aquinas,_Summa_Theologiae-Secunda_Secundae,_FR.pdf.

Toni Morrison, extrait de la préface à *Adventures of Huckleberry Finn*, de Mark Twain, Oxford University Press, 1996.

Ursula K. Le Guin, *Ceux qui partent d'Omelas*, traduction d'Henry-Luc Planchat, "Kvasar", Le Bélial' Éditions, 1975.

LA CHIMÈRE

Dante, *La Divine Comédie, L'Enfer*, ch. xxxi, 52-53, traduction de Jacqueline Risset, Flammarion, 1985-1990-1992.

Christophe Colomb, *Journal de bord 1492-1493*, traduction de Soledad Estorach et Michel Lequenne, Imprimerie nationale, 2003 (© pour la traduction, Librairie François Maspero, 1979 et La Découverte, 1989).

Homère, *L'Iliade*, chant vi, 181-82, traduction de Frédéric Mugler, "Babel", Actes Sud, 1995.

Hésiode, *Theogony*, Harmondsworth, UK, Penguin, 1986.

Paul Veyne, *Les Grecs ont-ils cru à leurs mythes ? Essai sur l'imagination constituante*, Le Seuil, 1983.

ROBINSON CRUSOÉ

Daniel Defoe, *Robinson Crusoé*, traduction de Pétrus Borel, "Pléiade", Gallimard, 2018.

Jorge Luis Borges, "Alexandre Selkirk", in *L'Autre, le même*, traduction de Jean-Pierre Bernès et Nestor Ibarra, "Pléiade", tome II, Gallimard, 2010.

Johann Wolfgang von Goethe, "Ginkgo biloba" in *Divan occidental-oriental*, traduction d'Henri Lichtenberger, "Collection bilingue des classiques étrangers", Aubier-Montaigne, 1940.

QUEEQUEG

John Donne, "À Dieu, mon Dieu, dans ma maladie", traduction d'Yves Bonnefoy, *in* "Traduction inédite de deux poèmes de John Donne", https://journals.openedition.org/palimpsestes/715

Franz Kafka, *La Colonie pénitentiaire*, traduction d'Alexandre Vialatte, Gallimard, 1948.

Herman Melville, *Moby Dick*, traduction de Lucien Jacques, Joan Smith et Jean Giono, "Folio classique" n° 2852, Gallimard, 2008.

BANDERAS LE TYRAN

Ramón del Valle-Inclán, *Tirano Banderas*, traduction d'Edith Grossman, NYRB Classics, New York, 2012.

CID HAMET BEN ENGELI

Miguel de Cervantès, *Don Quichotte*, 1re partie, prologue et chapitre XXVIII, traduction d'Aline Schulman, Le Seuil, 1997.

QUASIMODO

Voltaire, *Dictionnaire philosophique*, article "Beau, Beauté", Flammarion, 1964.

Victor Hugo, *Notre-Dame de Paris*, "Folio classique", Gallimard, 2009.

William Saroyan, *L'Audacieux Jeune Homme au trapèze volant*, traduction de Jacques Havet, éd. Le Serpent à plumes, 2004.

Victor Hugo, *Les Contemplations*, "Dolor", livre VI, XVII, Nelson, 1911.

CASAUBON

George Eliot, *Middlemarch*, traduction de Sylvère Monod, préface de Virginia Wool, "Folio Classique" n° 4305, Gallimard, 2005.

William Auden, *"If equal affections cannot be"*, in *Homage to Clio*, Random House, 1960.

Franz Kafka, *Aphorismes de Zürau*, édition de Roberto Calasso, traduction d'Hélène Thiérard, "Les Arcades", Gallimard, 2010.

SATAN

Saint Augustin, *La Cité de Dieu*, livre XIV, iv, traduction de Louis Moreau revue par Jean-Claude Eslin, Le Seuil, 1982.

John Milton, *Le Paradis perdu*, livre IV, traduction de Chateaubriand, Charles Gosselin et Furnes éditeurs, 1836.

L'HIPPOGRIFFE

L'Arioste, *Roland furieux*, traduction de Reynaud, Alphonse Lemerre éditeur, 1880.

LE CAPITAINE NEMO

Jules Verne, *Vingt mille lieues sous les mers*, Hetzel, 1869-1870.

Pierre-Joseph Proudhon, *La Solution du problème social*, Tops-H. Trinquier, 2000.

Jules Verne, *L'Île mystérieuse*, Actes Sud / Ville de Nantes, 2005.

LE MONSTRE DE FRANKENSTEIN

Thomas Browne, *Religio Medici*, Cambridge University Press, 1953.

Mary Shelley, *Frankenstein ou le Prométhée moderne*, traduction de Paul Couturiau, “Folio SF”, Gallimard (© Éditions du Rocher, 1988).

Dante, *La Divine Comédie, Le Paradis*, chant XVIII, traduction de Jacqueline Risset, Flammarion, 1985-1990-1992.

Milton, *Le Paradis perdu*, livre X, traduction de Chateaubriand, Charles Gosselin et Furnes éditeurs, 1836.

SABLON

Wu Cheng’en, *Le Singe pèlerin ou le Pèlerinage d’Occident*, traduction d’André Lévy, “Pléiade”, Gallimard, 1991.

JONAS

Gustave Flaubert, *Dictionnaire des idées reçues*, Éditions Conard, 1913.

LE GRAND-PÈRE DE HEIDI

Johanna Spyri, *Heidi*, Flammarion, 1933.

John Ruskin, “On the Pathetic Fallacy”, essai, in *Modern Painter III*, 1856.

LA SAGE ÉLISE

Grimm, *Contes*, Auzou, 2011.

C. G. Jung, *Commentaire sur le Mystère de la Fleur d’Or*, traduction d’Étienne Perrot, “Spiritualités vivantes”, Albin Michel, 1979-1994.

John Ruskin, *Il n’y a de richesse que la vie*, traduction de Pierre Thiesset et Quentin Thomasset, éditions Le Pas de Côté, 2012.

LONG JOHN SILVER

Robert Louis Stevenson, *L'Île au trésor*, traduction de Marc Porée, "Folio classique" n° 3399, Gallimard, 2000.

ÉMILE

J.-J. Rousseau, *Émile ou De l'éducation*, Gallimard, 1969.

LE MANDARIN

Eça de Queiroz, *Le Mandarin*, traduction de Michelle Giudicelli, La Différence, 1985.

Denis Diderot, *Entretien d'un père avec ses enfants*, in *Œuvres complètes*, vol. XII, fiction vol. IV, Hermann, 1989.

Graham Greene, *La Puissance et la Gloire*, traduction de Marcelle Sibon, Robert Laffont, 1948.

WAKEFIELD

Nathaniel Hawthorne, *Wakefield*, traduction d'Hélène Frappat, Allia, 2012.

REMERCIEMENTS

L'auteur remercie son éditeur et lecteur, John Donatich, pour sa vision éclairée et ses encouragements enthousiastes, Danielle D'Orlando, directrice du département des acquisitions, pour sa patience et son aide, et la metteuse en page, Nancy Ovedovitz, pour son imagination et son attention remarquables.

Et, comme toujours, ses agents Guillermo Schavelzon et Barbara Graham, pour la constance de leur confiance.

Il remercie tout spécialement Susan Laity, éditrice, pour avoir effectivement tenu à distance Titivillus, le génie malin des coquilles et erreurs factuelles. Titivillus (Suzan ne manquera pas de vérifier ceci) fit sa première apparition dans le *Tractatus de penitentia* d'un franciscain érudit de la fin du XIIIe siècle, Johannes Walensi (John of Wales), qui attribua à ce diablotin la responsabilité des nombreuses erreurs commises dans son scriptorium.

Et enfin, infiniment, Jillian Tomm, amie très chère et lectrice passionnée, qui a inspecté ces monstres l'un après l'autre au fur et à mesure de leur apparition, et leur a fait se curer les ongles, se peigner et rentrer dans leur ceinture les pans de leurs chemises dépenaillées.

Et Craig, comme toujours, de tout mon cœur.

Quelques-uns de ces monstres ont paru précédemment en espagnol, dans différentes versions, d'abord dans une édition limitée de Del Centro Editores, à Madrid, avec des illustrations d'Antonio Seguí, et publiés ensuite par Alianz Editorial, S.A., également avec les illustrations de Seguí.

DU MÊME AUTEUR

DERNIÈRES NOUVELLES D'UNE TERRE ABANDONNÉE, Seuil, 1993 ; Babel n° 355.
DICTIONNAIRE DES LIEUX IMAGINAIRES (en collaboration avec Gianni Guadalupi), Actes Sud, 1998 ; Babel n° 471.
UNE HISTOIRE DE LA LECTURE, Actes Sud, 1998 (prix Médicis essai) ; Babel n° 416.
DANS LA FORÊT DU MIROIR. ESSAI SUR LES MOTS ET LE MONDE, Actes Sud, 2000 ; Babel n° 610.
LE LIVRE D'IMAGES, Actes Sud, 2001 ; Babel n° 976.
STEVENSON SOUS LES PALMIERS, Actes Sud, 2001 ; Babel n° 682.
CHEZ BORGES, Actes Sud, 2003 ; Babel n° 683.
JOURNAL D'UN LECTEUR, Actes Sud, 2004 ; Babel n° 746.
KIPLING, UNE BRÈVE BIOGRAPHIE, Actes Sud, 2004.
PINOCCHIO ET ROBINSON : POUR UNE ÉTHIQUE DE LA LECTURE, L'Escampette, 2005.
UN AMANT TRÈS VÉTILLEUX, Actes Sud, 2005 ; Xavier Barral, 2015 (avec des photographies de Marc Deneyer).
UN RETOUR, Actes Sud, 2005.
AU PAYS DES JOUETS (avec des photographies de Michel Pintado), Xavier Barral / musée des Arts décoratifs, 2006.
LA BIBLIOTHÈQUE, LA NUIT, Actes Sud, 2006 ; Babel n° 937.
LE LIVRE DES ÉLOGES, L'Escampette, 2007.
L'ILIADE ET L'ODYSSÉE, Bayard, 2008.
LA FIANCÉE DE FRANKENSTEIN, L'Escampette, 2008.
ÇA ET 25 CENTIMES : CONVERSATIONS AVEC UN AMI, L'Escampette, 2009.
LA CITÉ DES MOTS, Actes Sud, 2009 ; Babel n° 1580.
TOUS LES HOMMES SONT MENTEURS, Actes Sud, 2009 ; Babel n° 1087.
NOUVEL ÉLOGE DE LA FOLIE, Actes Sud, 2011.
LE VOYAGEUR ET LA TOUR. LE LECTEUR COMME MÉTAPHORE, Actes Sud, 2013.
M. BOVARY & AUTRES PERSONNAGES, L'Escampette, 2013.
L'APOCALYPSE SELON DÜRER, Invenit, 2015.
DE LA CURIOSITÉ, Actes Sud, 2015 ; Babel n° 1677.
JE REMBALLE MA BIBLIOTHÈQUE, Actes Sud, 2018.

OUVRAGE RÉALISÉ
PAR L'ATELIER GRAPHIQUE ACTES SUD
REPRODUIT ET ACHEVÉ D'IMPRIMER
EN FÉVRIER 2020
PAR NORMANDIE ROTO IMPRESSION S.A.S.
À LONRAI
POUR LE COMPTE DES ÉDITIONS
ACTES SUD
LE MÉJAN
PLACE NINA-BERBEROVA
13200 ARLES

DÉPÔT LÉGAL
1re ÉDITION : MARS 2020
N° impr. : 2001002
(Imprimé en France)